この声が、きみに届くなら

菊川あすか

本書は書き下ろしです。

自分の声が、大キライだった。
言いたいことが言えない自分も、
こわくてふみだせない自分もキライ。
でも先輩に出会って、変われる気がしたんだ。
先輩との距離が少しずつ近くなっていく毎日が、楽しかった。
きっとこのまま、楽しい学校生活がつづくと思っていた。
それなのに……。
どうかお願い……。
この声が、きみに届きますように……。

【この声が、きみに届くなら】目次

イラスト／しばの結花

この声が、
きみに届くなら

1　初恋

ついにこの日がやってきた。

紺色のスカートとブレザーに身をつつみ、洗面所の鏡の前に立った私は、ワインレッドのリボンをまっすぐにととのえる。

「やっぱりこの制服、微妙……」

新しい制服はよくいえばシンプルで、悪くいえば地味。

でもオシャレでかわいい制服よりも、この制服のほうがきっと自分にあっている。

肩先までのびた少しクセのある髪の毛をクシでととのえて、鏡にうつる自分をジッと見つめた。

目はかろうじて二重だけど、これといって特徴のない自分の顔。

高校生になったら髪を染めたり軽くメイクをすることも考えたけど、私にそんな勇気あるはずがない。

それに、いくら外見を変えても私自身が変わらなきゃ意味がないんだ。

志望校を決めるとき、両親には『今の自分の実力より、少しでも上のレベルを目指したい』なんて当たりさわりのない言葉をならべたけど、本当の志望理由はまったくちがう。

「ゆめ、準備できたー?」

リビングからお母さんの声が聞こえてきた。

私は何度もさわったリボンをもう一度ととのえ、鏡の中の自分にむかって「よしっ」と小さくつぶやいた。


お母さんと一緒に自宅マンションを出て、海沿いの道を歩き最寄り駅につくと、そこから電車に乗り七駅先でおりた。

今日は、海青(かいせい)高校の入学式。

朝の風はまだ少し冷たいけど、空にはペンキをまいたような青色が広がっている。

この時間、まだ半分以上のお店がシャッターを閉めている駅前の商店街をぬけると、みごとな桜並木がつづいていた。

入学を祝ってくれているかのように、風がふくたびにひらひらと舞い落ちる花びらがとてもきれいだ。

桜並木を通りすぎると、いよいよ見えてくる茶色くて大きな校舎。

門の前につくと、私はそこで足をとめてふと空をあおいだ。

ぬけるようなすみきった青空と眩しい春の日差しに、涙が出そうになって唇を強くかむ。

まだなにも始まっていないし、始まるかどうかもわからない。

だけど、願うことはただ一つだけ。

ほんの少しでいいから、あのころよりも近づきたい。

地味でも目立たなくてもいいから、臆病な自分を変えたい。

そのための一歩を今、ここから始めよう……。

門を通り、矢印が書かれた案内板にそって歩くと受付の白いテントが見えてきた。

テントからは長い列がのびている。

「ゆめー！」

列にならぼうとしたとき、聞きおぼえのある声が耳に届いた。

ふりかえると、そこにいたのは穂香だった。

入学前に染めて少し茶色くなった髪を一つにむすび、大きく手をふりながら小走りで近づいてくる。

「穂香」

小学校からずっと一緒の穂香は、私が家族以外で唯一自分をさらけだせる存在で、大切な親友だ。

「おはよーゆめ、なんかちょっと緊張するよね」

「うん。ちょっとじゃなくて、すごい緊張するよ」

「大丈夫だよ。緊張してるのはみんな同じなんだから」

「うん、そうだよね。ありがとう」

前の様子をうかがおうと背のびをすると、テントの中では同じ制服を着た生徒が新入生にプリントをわたしているのが見えた。

たぶん手伝いをしている先輩たちだろう。

緊張した面持ちでならぶ新入生の横顔や、笑顔で対応する先輩たちを見ていた私の視線が、ある場所でピタッととまった。

その瞬間、体中に電流が走ったかのように、ドクンと心臓が大きく高鳴る。

体がふるえて、息がつまる。

背のびをしている足が痛んだけど、それでも私はつま先だけで立つことをやめられなかった。

テントの中にいるその人がやさしそうな笑顔をうかべると、こげ茶色の髪が風にのってふわりとゆれた。

ふだんはかっこいいけど、笑うとかわいく見える二重の大きな目を新入生にむけている。

ひさしぶりに見たその顔に、彼以外のすべてがスローモーションにうつった。

ピリピリと痛むふくらはぎがついに限界をむかえ、ストンとかかとを地面につけると、スイッチが入ったかのようにいろんな想いが一気に頭の中をかけめぐる。

自分がえらんだ道だし、この日が来るのもわかっていた。

だけど、まさか今日会えるなんて思っていなかったから……。

心の準備ができていなかったからか、胸が苦しくてドキドキして、立っているだけで精一杯だった。

もう一度テントに視線をむけ、私は大きく息をすった。

ほんの数秒しか見られなかったけど、まちがいない。

テントにいる先輩たちの中に、本城叶多(ほんじょうかなた)先輩がいた……。

＊＊＊

中学生になって、私は同じバスケ部で二年生の本城先輩に……初めての恋をした。

だれかを好きだと思ったのははじめてだったから、最初はこの気持ちが本当に恋なのか、わからなかった。

でも部活のとき、体育館という同じ空間にいるだけでドキドキして、休憩中に先輩の姿を見ていると胸がしめつけられた。

先輩が仲間に指示を出しながらドリブルやパスをしている姿はとてもかっこよくて、きれいなシュートフォームを見ているだけで胸が高鳴る。

シュートを決めたときに見せるやわらかな笑顔も、汗を流して真剣な表情でボールを追っている先輩も、きびしく指示を出す声も好き。

だけど私にはなにもできなくて、話しかけるとかあいさつするとか、そんな勇気は持ちあわせていない。でも、それでいいんだ。

廊下(ろうか)の先から友達と一緒に歩いてくる先輩を見つけたときは、用事もないのに壁の掲示板を見るふりをして背をむけた。

笑い声とともに私のうしろを先輩が通りすぎると、わずかな風をうけてスカートが少しだけゆれた。

背中が熱くて、本城先輩の声を聞けただけで、うれしくてたまらない。それだけでじゅうぶんだった。

いつも友達にかこまれている先輩の瞳には、きっと私なんてうつらない。

だから私が見つけて、遠くから先輩を見ている。それだけでいい。

先輩のすべてが大好きで、気づけば私の世界は、本城先輩であふれていた。


先輩への変わることのない片想いは、二年間つづいた。

そして卒業式の日。在校生として出席していた二年生の私たちは、学校の外で卒業生が出てくるのを待った。

『やっぱ先輩たちが卒業するのってさみしいよね』

『さみしいけど、でもうれしいよ』

私はとなりにいる穂香にそう答えた。

先輩が卒業するのはたしかにさみしい。

だけど先輩の門出(かどで)を最後まで見られることが、私はうれしかった。

しばらくすると、門から次々と出てくる先輩たちの中に、本城先輩を見つけた。

私にできることは、最後の最後まで本城先輩の姿を目に焼きつけることだけだ。

友達と一緒に楽しそうに写真を撮っている先輩を、女子になにかを言われて照れたようにはにかんでいる先輩を、ときどきさみしそうに目をふせている先輩を、このまま先輩が私の世界から消えていくまで。

この片想いを大切な思い出にするために、最後の最後まで見ていよう。

それだけで、私は……。

少しずつ近づいてきた先輩が、私たちの横を通りすぎようとしたとき。

『あのさ……』

先輩が、とつぜん声をかけてきた。

私じゃないかもしれないと思いながらも恐るおそるゆっくりと顔をむけると、目の前に立っている本城先輩と視線がぶつかる。

息をすることさえ、忘れていた。

『部活のとき、いつもだれよりも早く来て、いつも最後まで練習してたよね』

耳をうたがってしまうほどの言葉に、ただただ体がふるえて心臓が痛くて、返事ができなかった。

『これからも部活がんばってね、相沢(あいざわ)さん』

『あっ……』

私の、名前……。

激しく高鳴る胸の鼓動(こどう)とは反対に、少しも動けずなにも言えない。

立ちつくすことしかできないまま、本城先輩のうしろ姿がどんどんと遠ざかっていく。

本城先輩の世界に私がうつることは絶対にないと、そう思っていた。

それなのに、先輩は気づいてくれていた。

たとえ写真にうつりこむ小さな石ころのような存在だったとしても、私はたしかにそこにいたんだ。

がまんしていた涙があふれだし、後悔という文字が胸の奥に深くつきささる。

『ゆめ？　ちょっと、大丈夫？』

穂香の手が私の肩にやさしくのせられると、あふれでる悲しみにぽろぽろと涙がこぼれ落ちていく。

『わ、私……なんで……』

とまらない大粒の涙と後悔に声をもらし、たまらずその場にしゃがみこんだ。

卒業おめでとうございますくらい、言えばよかった。

……ううん、ちがう。本当はもっと話したかったんだ。

ずっと前から、私に大切な言葉をくれたあの日から……ずっと。

おはようございます。さようなら。部活がんばってください。

もっともっとたくさん、言いたくても声に出せなかった想いが数えきれないほどある。

ただ見ているだけで幸せだなんて、ウソばっかりだ。

私はずっと自分にウソをついてごまかしてきた。

だって、そうするしかなかったから。

過去のトラウマが心に黒く染みついていてはなれない私は、弱くて臆病で……。

だけどもし、もしたったひと言でも言葉をかけていたら。それがほんの小さな一歩だったとしても前に進んでいたら、なにかちがっていたんだろうか……。

私の二年間の初恋は、後悔だけを残した。

どれだけ泣いたかわからないけど、涙をぬぐった私は穂香にささえられながら立ちあがった。

空を見あげると、本城先輩の笑顔のような明るくてあたたかな太陽に照らされた私は、グッと拳(こぶし)をにぎりしめる。

終わりたくない。

これで終わらせたくなんかない。

この涙と一緒に弱い自分とさよならをして、一年後、本城先輩の笑顔にまた会いたい。

だから私は……。

2　トラウマ

列が前に進むたび、心臓の鼓動が激しさを増す。

それをおさえるように、胸の前でにぎった両手に力をこめた。

当時、私の成績では難しいと言われていた高校に合格するため、死に物ぐるいで受験勉強にはげんだ。

もう一度本城先輩に会うためにがんばったあの時間はけっしてムダじゃなかったと思いたいし、ムダにはしたくない。

自分の順番がくると、私はうつむいたまま受付のテーブルに一歩近づいた。

「入学おめでとうございます」

一年前と変わらない明るい声が聞こえてきて、私の視界にスッとプリントが入ってきた。

プリントを受けとった私は、ゆっくりと顔をあげる。

あのころよりも少しだけのびた髪は、あのころよりも少しだけ明るく見える。

だけど私にむけられたその笑顔は、一ミリも変わっていなかった。

ずっとずっと見てきた大好きな笑顔が今、目の前にある。

「あ、あの……」

精一杯声を出そうとするのに、うまく出ない。

「どうしたの？」

もじもじしている私を見かねてか、先輩がそう声をかけてくれた。

「あれ？　もしかして、相沢さん？」

ハッとして、もう一度本城先輩を見た。

「やっぱり相沢さんだ。同じ中学だったバスケ部の本城だけど、おぼえてるかな？」

おぼえてる。おぼえているに決まってる。だって、先輩に会いたくて、先輩と話がしたくて、だからこの高校を受験したんだ。

元気でしたか？　高校でもバスケをしていますか？　私は高校でもバスケ部に入るつもりです。それから……。

心の中ではたくさんの言葉がうかんでくるのに、私はひと言も発することなく小さくうなずいた。

「また高校でもよろしくね」

「よ……よろしく、お願い、します」

先輩に聞こえるか聞こえないかわからないほどの、蚊(か)の鳴くような声で返事をして受付に背をむけた。

列をはなれプリントをにぎりしめている私の腕を、穂香(ほのか)がツンツンとついた。

「ゆめ、大丈夫?」

「……うん」

私よりも成績のいい穂香が受験勉強をつきあってくれたから、私は今この日をむかえられている。

「穂香、ありがとね。本当に、ありがとう」

「なに言ってんの! 私はなにもしてないし、それにゆめにとって大事なのはこれからでしょ?」

そう言って微笑(ほほえ)んでくれた穂香に、私は大きくうなずいた。

穂香の言うとおりまだ入学したばかりで、がんばらなきゃいけないのはこれからなんだ。

緊張のあまり、にぎりすぎてクシャクシャになってしまったプリントを広げると、クラスわけが書かれていた。

自分の名前をさがすと、私は二組で穂香は五組。覚悟はしていたけど、穂香と同じクラスにはなれなかった。

「不安だな……穂香と一緒だったらよかったのに」

「クラスがちがったって大丈夫だよ。私とゆめの関係は変わらないんだし」

落ちこんでいる私とは反対に、あっけらかんと言いはなった穂香。

私とちがって、穂香はいつも明るくて前むきだ。

私だって昔は、こんなふうではなかった。

あのときの出来事がなければ、私は……。

＊＊＊

『はーい、じゃあ四年一組の「ロミオとジュリエット」、ジュリエット役は相沢ゆめさんで決定です』

先生がみんなにむかってそう言うと、教室中が拍手の音につつまれた。

少しはずかしくなった私は、立ちあがって照れながら頭をさげる。

『ゆめちゃんがんばって』

『練習がんばろうね』

『絶対金賞とるぞ』

あちこちから聞こえてくる友達からのエールに、私は満面の笑みをうかべた。

とくべつ目立つようなタイプではなかった私が、十一月に行われる演劇会の主役にえらばれた。

立候補や推薦で三人がえらばれ、その中に『まじめだから、ちゃんと台詞をおぼえられそう』という理由で推薦された私もふくまれていた。

そして三人が同じ台詞をみんなの前で言ったあと、最終的な投票で私に決定。

親友の穂香もクラスはちがうけど、私がジュリエット役に決まったことをとても喜んでくれた。

だから、やるならクラスのみんなで金賞を目指してがんばりたくて、学活の時間や休み時間を利用して練習にはげみ、たくさんある台詞も家で何度もくりかえし練習をしてなんとかおぼえた。

そして本番をむかえ、私は台詞を一度もまちがえず、遠くに座っている人にもちゃんと聞こえるように精一杯声を出した。

今まで練習してきたことを思い出して、お腹の底から。

本番が終わったあとはクラスのみんなが一つになって、うまく演技ができたことを喜んだ。

そのときは、みんなが笑顔だったはずなのに……結果、四年一組は金賞どころか、銀賞もとれなかった。

すごく悲しかったし、くやしかったし落ちこんだ。

でもみんなも私も、やれることは一生懸命やったのだからしかたない。

教室にもどった私たちはそう言ってみんなでなぐさめあい、くやしいという気持ちがだいぶ落ちついてきたとき、女子の中でも頭がよくてスポーツもできる中心的な存在である麗香(れいか)ちゃんが、口を開いた。

『金賞とれなかった原因、なんとなくわかる気がする』

すると、全員の視線が麗香ちゃんに集まった。

そして麗香ちゃんは、とても自信ありげな顔をして言った。

『ゆめちゃんの、声のせいじゃない?』

まわりが少しだけざわついて、それと同時に、私の心も少しずつざわつきはじめる。

『だって、ねぇ』

麗香ちゃんは唇のはしをあげながら、となりにいる子に同意を求めるようにそう言った。

言っている意味がよくわからないのに、とつぜん大きな波がおそってきたみたいに私の心がぐらついた。

『だってずっと思ってたんだけど、ゆめちゃんの声って……なんか変だし』

そう言って、麗香ちゃんは近くにいる子たちと一緒になってクスクスと笑っている。

私の声が……変？

『高くてキンキンするっていうか、私たちとはちがうっていうか。わざとアニメ声みたいにしてるのかと思うくらい、変だよ。ね、岡田くんもそう思うよね？』

ロミオ役をやっていた岡田くんにむかって麗香ちゃんが問いかけた。

まじめでやさしくて人気者の岡田くん。

岡田くんならきっと、『そんなことない。そういうことを言ったらダメだ』って、言ってくれると思っていた。だけど……。

『う、うん……』

その瞬間、明るい世界からとつぜん闇の中に突き落とされたような絶望感につつまれた。

『やっぱ岡田くんもそう思ってたんだ～』

『主役がゆめちゃんじゃなかったら金賞だったかもね』

麗香ちゃんがなにか言うたびに、心がどんどんと黒く染まっていくような気がして息苦しさをおぼえた。

今思えば、劇の練習中にくすくす笑うような声が聞こえてきたことが何度かあった。

あれは、私の声を笑っていたんだ。

私の声って……変なんだ。

私の声のせいだったんだ。

私の声が変だから、みんながくやしい思いをした。

私が、私が……。


穂香には、『そんなのただの嫉妬だよ。自分がえらばれなかったからいやなことを言っただけで、気にしなくていい』と言われた。

でも、私にはムリだった。

演劇会の日から三学期が終わるまでのあいだ、麗香ちゃんをふくむ一部の女子からは、ずっと声のことをからかわれつづけた。

だから私は、できるだけ声を出さないように努力した。

なにか発表があるときはマスクをポケットにしのばせて、カゼをひいたとウソもついた。

五年生にあがって麗香ちゃんとクラスがはなれたことで、声のことは言われなくなったけど、そのころにはもう、おそかった。

面とむかってなにかを言われないとしても、私がしゃべるとみんなが不快に思うような気がして、ヒソヒソ話している子を見かけると、自分が悪口を言われているような気がした。

そう思っているうちに、私はしゃべることがこわくなってしまった。

それは中学生になっても変わらなかった。

目立ったり大きな声を出したら自分が傷つく。

だから私はできるだけ目立たず、教室にいるときはすみのほうで小さくなって、ひたすら声を殺した。

穂香以外に友達とよべる子はできなくて、存在感のない子だな、くらいにしか思われていなかったと思う。

バスケ部では声を出せないぶん、とにかく必死に練習して、ただただ練習だけをがんばった。

そこでしか、学校で自分のいる意味を見出せなかったから。

私は、自分の声が大キライだ。

もっと、ふつうだったらよかった。みんなと同じならよかったのに。

こんな声なら……なくなってしまったほうがましだ。

* * *

「ゆめ、行こ」

「あ、うん」

受付を終えたあと、お母さんたちは体育館へ、私たちは緑のラインが入った新しい上履きをはいて一階にある一年生の教室にむかった。

五組の前につくと、そこで穂香は小さく手をふって教室に入っていった。

二組についで中をのぞくと、半分くらいの席がまだ空いているようだった。

本城先輩を見つけたときとはまたちがう緊張感があった。

廊下側の一番前の席に自分の名前が書かれた札を見つけ、席につく。

みんな緊張しているのか、静まりかえった教室の中で聞こえるのはカチカチと動く時計の針の音だけだった。

穂香以外の友達、できるかな……。

膝の上にのせた手をにぎりながらひたすらジッと机の上を見つめていると、うしろから肩をたたかれたので、ふりかえる。

「私、飯島沙月。よろしくね」

「よ、よろしく……」

右手をさしだされたので、私はその手をにぎりかえしながら答えた。

「名前は？」

「えっと、相沢ゆめです」

「ん？　ごめん、相沢なに？」

「あっ……ゆめ、です」

「ゆめか、いい名前だね」

そう言って笑顔を見せた飯島さんは芸能人みたいに顔が小さくて、ショートカットがよく似合っている。

「沙月って呼んでいいから、ゆめって呼ぶね」

「うん。はい、わかった」

「敬語まざってるし、緊張しすぎだよ」

クスッと笑った沙月を見て、私も思わず笑みをもらした。

緊張していた気持ちが、少しだけやわらぐ。

「ねー、ゆめは部活入る？」

「うん。私はバスケ部に」

　小声で答えると、私の顔を見ていた沙月が目を大きく見開いた。

「マジで⁉　私もバスケ部！　一緒じゃん、うれしい！」

　静寂（せいじゃく）につつまれていたはずの教室に、沙月のおどろいた声がひびく。恐るおそるまわりに目をむけると、座っているほかのクラスメイトがみんなこちらに視線をむけていた。

　私はこわくなって、うつむく。

「ゆめは中学でもバスケやってたの？」

「え？　あ、うん、一応。うまくはないけど。さ、沙月は？」

　みんなの視線からのがれるように、うつむいたまま極力小さな声でそう問いかけた。

「私も中学から。家から遠くて通うのけっこう大変なんだけどさ、バスケ部はわりと強いからこの高校をえらんだんだ。それにほら、このとおり背も高いから」

　立ちあがった沙月を見て、私は「うん」とうなずいた。

　背が高いしスラッとしているのに、袖（そで）をまくっている腕にはほどよく筋肉がついていて、見るからにバスケがうまそうだ。

　小声で沙月と話していると、担任らしき人が教室に入ってきたので前をむく。

「みなさん入学おめでとうございます。これから入学式にむかいますが……」

先生の言葉が頭を通りすぎるなか、ふと窓のほうに視線をむけた。

空にはあいかわらずきれいな青色が広がっている。

本城先輩も今、同じ空の下にいるんだよね。

少しずつ、先輩と話すことができるようにがんばろう。

まさか入学式の日に会えるなんて思っていなかったけど会えたんだし、先輩は私に気づいてくれた。だからきっとできるはず。

この空を見ているだけで、なんとなくこの先いいことが起こるような、そんな予感がした。

＊＊＊

入学から五日がすぎると、クラスの女子の中ではいつのまにか徐々にグループができていた。

休み時間になると教室のあちこちから楽しそうな笑い声が聞こえてくる。

クラスメイトに自分から話しかけられない私は、どのグループにも属していない。

それでも不安にならないのは、沙月がいてくれるおかげだ。

たまたま最初の席が前後だったおかげで、沙月とだけは唯一仲良くなれた。

沙月は私とちがって声が大きくて、話しかたもとてもハキハキしている。

小さな声を出すことしかできない私といて本当に楽しいのか疑問だけど、私と話すときもいやな顔を見せたことは一度もなかった。

そういう沙月の態度が、不安だった私の心を救ってくれているのはまちがいない。

「じゃーゆめ、また明日ね！」

「うん、ばいばい沙月」

沙月は新しいバッシュを買いに行くらしく、喜びをかくしきれないような笑顔を私にむけて、教室を出ていった。

ほかのクラスメイトはあいさつを交わしながら次々と教室を出ていく。

私はというと、先生に荷物を運んでほしいとたのまれてしまったため、一人で職員室にむかっている。

職員室の前に行くと、中くらいの段ボール箱をかかえた先生が出てきて廊下にそれを置いた。

「まだあと三つあるんだけどそれは先生が持っていくから、これを教室に運んでおいてもらえるか？　たのむな」

そう言って先生は職員室にもどり、私は廊下に置かれた段ボール箱を持ちあげる。

「お……重い」

ひとりごとをつぶやき廊下のはしを歩きだしたけど、すぐに腕が痛くなっていったんおろす。

持ちかたが悪いのかな？　と首をかしげながら試行錯誤していると、うしろから「大丈夫？」と声をかけられた。

おどろいてふりかえると、しゃがんでいた足から一気に力がぬけて、どん、と尻もちをついた。

「ひゃっ！」

なんで……先輩が？

私の視線の先にいるのは、黒いTシャツと紺色のジャージ姿の本城先輩。

膝に手をつき、いつまでも立ちあがらない私を見おろしている。

どうしよう⁉　高校生にもなって尻もちをつく姿なんて、先輩にだけは見られたくなかった。

はずかしくて、今すぐ逃げだしたい。

「大丈夫？　どこに持っていくの？」

「あ、きょ……教室」

なんとか声を出して返事をした私は、あわてて立ちあがって段ボール箱を持ちあげた。

「手伝うよ」

本城先輩がそう言って手をのばしてきたので、私はその手をさけるように体を背けた。

「大丈夫、です……あの、すみません」

「いいよ、持つよ」

それでも先輩は手をのばしてきた。

だから私は、思いきり先輩に背をむける。

「大丈夫……です」

「え？　なに？」

「だ、大丈夫です！」

とっさに大きな声をあげてしまい、心拍数が上昇していく。

甲高い自分の声が、耳に残る。

腕の痛みは感じなくなったかわりに、胸が痛んだ。

私は段ボール箱を持ったまま、足をすすめた。

槍で突かれたみたいに胸がズキズキ痛んで、苦しい。

最悪……最低だ……。

本城先輩がやさしさで声をかけてくれたのに、いやな態度をとってしまった。

「ありがとうございます」って、そう言えばいいだけなのに。

そう思っていたはずの私の口から出たのは、正反対の言葉だった。

好きなのに、ふつうに話がしたいだけなのに。

なんで思い描いていたとおりにできないんだろう……。

泣きそうになっていると、手もとが急に軽くなった。

目の前にいるのは、段ボール箱を持って立っている本城先輩。

「こんな重い物を女子一人に持たせるなんて、相沢さんの担任はけっこう鬼だね」

そう言って、子供みたいな笑顔を私にむけた。

その笑顔があまりにも眩しかったから、私は思わず見とれてしまった。

「教室は、何組?」

「あ、えっと……二組、です」

職員室から教室までは近くて、あっという間についてしまった。

教壇の上に段ボール箱を置いた先輩が、ふりかえる。

「ここで大丈夫だよね」

あんなふうにことわってしまったのに、先輩はいやな顔をせずにまた笑顔を見せてくれた。

「じゃー俺、部活行くから」

「あっ……」

大好きな人の大好きな笑顔が私にむけられて、そのうえ助けてくれたことがとてもうれしかったのに……。

「ありがとうございました」そう言おうとしたときにはもう、先輩は行ってしまっていた。

3　勇気がなくて

中学校とくらべると倍以上の広さがある体育館は、天井も高くてバスケットゴールの数も多い。

体育館を使う部活は曜日によってうまくコートをわけあって練習をしていて、今日は体育館の半分を男女のバレー部が、もう半分を男女のバスケ部が使っていた。

「時間ないからラスト一回ずつね！」

キャプテンの声がひびきわたると、一年生は声をそろえて「はい！」と返事をする。

入学から一カ月以上すぎた今、入部当時は二十名以上いた一年生も、練習がきついからか、あっという間に半数にへってしまった。

ドリブルシュートのラスト一回。順番がまわってきた私は、ジグザグに置かれている三角コーンを相手だと思い、左手でガードをしながらかわしつつボールを右手から左手に切りかえ、最後はそのままシュート。

私の手からはなれたボールがネットをゆらし、「よし」と小さくつぶやいた。

その後、体育館のすみに輪になって集まり、顧問(こもん)の先生と先輩たちの話を聞いて練習は終了。一年生はかたづけとそうじをする。

「最後のドリブルすごいよかったよ」

モップをかけていると、ボールを三つかかえて運んでいる沙月(さつき)にそう言われた。

「ありがとう。でも沙月はやっぱり上手だね。来月の試合も出られるよきっと」

「いやいや、まだまだだよ」

想像通り、沙月は本当にバスケがうまかった。

ドリブルは右手でも左手でもすいつくようにボールが手におさまるし、シュートは片手でも軽々入って、なによりフォームがとてもきれいだ。私ももっとがんばらなきゃ。

「ゆめー、先に更衣室(こういしつ)行ってるよ」

「あ、うん。私もすぐ行く」

バスケ部で一番最後に残った私は、すみのほうまで丁寧(ていねい)にモップをかけた。

「もういいかな」

モップを手に持ったまま体育館を見わたすと、練習を終えた男バスの部員たちもかたづけを始めている。

「叶多(かなた)——！」

高くひびいたその声に反応して視線をむけると、髪をお団子にむすんでいて目がパッチリとした男バス二年のマネージャー坂井里奈先輩が、本城先輩にかけよっていった。

里奈先輩が笑顔で肩をポンとたたくと、本城先輩も笑顔をうかべた。

マネージャーだから話をするのはあたり前なのに、うらやましいと思ってしまう。

それと同時に胸がチクッと痛み、私は視線をそらした。

すると、かたづけを終えた男バスのメンバーが、体育館を出るため次々とこちらにむかって歩いてくる。

一番うしろを歩いている本城先輩とすれちがう寸前、私は小さく息をすった。

「お、おつかれさまでした」

私がそう言うと、先輩は「おつかれさま」と笑顔でかえしてくれた。

こうやってすれちがったときなどはみんなと同じようにあいさつできるけど、それ以上の言葉はなにも出てこない。

里奈先輩に嫉妬するくらいなら、もっとがんばればいいのに……。

テスト一週間前になり、今日から部活は停止。

沙月は「勉強もちゃんとやるから部活やらせてほしいわ～」と朝からずっと文句を言っ

ていた。

昼休み、いつも通り沙月とご飯を食べたあと一人でトイレに行くと、出たところでちょうどバッタリ穂香(ほのか)に会った。

「あーゆめ、ちょっと待ってて、すぐ終わるから」

そう言ってトイレに入ったので、私は外で穂香を待った。

「おまたせー、なんかひさしぶりじゃない？」

「うん、そうだね」

中学までは学校でも休みの日でも穂香とばかり一緒にいたのに、高校生になってからはクラスもはなれたため、ゆっくり話すことはできずにいた。

「まだ時間大丈夫だよね？　ちょっと話さない？」

「そうだね、そうしよう」

私たちは一年の廊下(ろうか)をぬけ、体育館の出入り口の前にある段差にすわった。

五月になってあたたかい日も増えてきたけど、今日は曇(くも)りだからか、コンクリートの冷たさがスカートごしに伝わってきた。

「陸上部はどう？」

「うーん、まぁまぁかな。中学ではそこそこイケてたけどさ、高校生になったらやっぱ自分より速い子もたくさんいるし」

「そっか。でも穂香は勉強も練習も両立できてるんだもんね。すごいよ」

「こう見えて私、けっこうかしこいからね～」

ニッと歯を見せて笑った穂香につられて、私も微笑んだ。

「で、ゆめはどうなの？」

「私？　私は、一応がんばってるけど、背が高いわけでもないし、もっと正確にシュートが入るようになれば……」

「そうじゃなくて」

穂香が私のほうをむいて話をさえぎった。

「ゆめが部活がんばってるのは知ってるよ。中学のころからずっと、知りすぎるくらい知ってる。私が聞きたいのはそうじゃなくて、先輩のことだよ」

穂香の言葉に、私は唇をむすんでうつむいた。

唯一私の気持ちを知っている穂香は、きっとずっと気になっていたんだと思う。

「少しは話せるようになった？」

私はなにも答えられなかった。

「ゆめ？」

ゆっくり顔をあげた私は、穂香と視線をあわせないまま口を開く。

「先輩のことは……部活中にときどき見てる。たまに休憩中とか、遠くから見てるよ。おつかれさまって、あいさつくらいならしてるし」

ムリに作った笑顔をむけると、穂香はなにか言いたげに目を細め、私から視線をそらした。

湿気をふくんだような風とともに、私たちのあいだに不穏な空気が流れている気がした。

「ゆめさ……」

しばらく無言がつづいたあと、穂香が私を見つめた。

「先輩を遠くから見つめるために、この高校に入ったの？」

穂香の言葉に、一瞬体がかたまった。

「またあのころと同じように、遠くから先輩を見つめて、あいさつするためだけに受験勉強がんばったんだっけ？」

「それは……」

「あんなに泣いて後悔したのに、ゆめはまた同じことをくりかえして、それで満足なの？」

わかってる。私だってわかってるよ。だけど私は……。

「だ、だって、まだ入学して一カ月ちょっとだよ？　そんなにあせることないと思うし、じゃー穂香は私が先輩に告白したら満足なの？」

ちがう、本当はこんなこと言いたいんじゃない。

「私はそういうことを言ってるんじゃなくて」

「穂香だって知ってるでしょ？　こんなにも臆病になっちゃったのは、あのとき私が……」

「あれはゆめのせいなんかじゃないし、ゆめはなにも悪くないって言ったじゃん！　先輩だってきっと」

「穂香には好きな人がいないから！　だから、私の気持ちなんてわからないんだよ！」

自分で言ったのに、まるで自分の言葉じゃないみたいに苦しくて、穂香から目をそらした。

「わからないよ……。泣くくらい好きなのに、せっかくがんばって合格したのに、なにもしないゆめの気持ちなんてぜんぜんわかんないよ！」

穂香はそう言ってとても悲しそうな顔を私にむけたあと、走り去っていった。

穂香のうしろ姿を見ているだけで、鋭い刃物でえぐられたみたいに胸が痛んだ。

痛くて、泣きたくなった。

本当はわかっているし、大切な親友を傷つけたくなんかないのに……。

だけどね、過去の出来事がどうしても頭からはなれてくれない。

先輩を前にすると声を出せなくて、がんばりたくても緊張で体がかたまって、きらわれたらどうしようって思ってしまうんだ……。

4　そのひと言で

テストも終わり、穂香(ほのか)とケンカをしてから十日が経過した。

今まではなら毎日かならず一回はＬＩＮＥ(ライン)をしていたのに、この十日間一度も連絡をとっていない。

早く謝りたいと思っているのに、連絡することができなかった。

「はぁ……」

帰りの電車の中、穂香とケンカした日のことを思い出しながら窓の外を見ていると、広い海が見えてきた。

海沿いの街だからめずらしくない光景だけど、私にとって海はとくべつな場所だ。

家の近くにある小さな海岸。

夏には観光客であふれかえる有名な海水浴場もあるけれど、それとは少しちがう。

波にけずられてたまたまできたような岩場にかこまれた海岸は、規模も小さく遊泳禁止だからか、夏になっても人で混雑することはあまりなくて、地元の人だけが知るちょっとした穴場スポットだ。

三年前のあの日も私は穂香と海岸に行っていて、そして……先輩に出会った。

＊＊＊

中学校に入学して一カ月がたった日曜の朝、私は穂香と一緒にいつもの海岸にむかった。

平日とちがって日曜の朝はせわしなく歩く人は少なく、とても静かで時間がゆったりと流れているように感じる。

空はよく晴れていたけど少し肌寒かったため、穂香が『動いて温まろう』と言って持ってきたボールでビーチバレーを始めた。

小さな砂浜、朝九時という時間に女の子二人がビーチバレーをしている。

それだけでもなんだかおかしな光景だなと思った。

だけど私たち以外にだれもいないからか、だんだんとビーチバレーに熱が入ってきて、二人で大声を出して本気で楽しんだ。

学校にいるときに感じる不安はいっさいなくて、まわりの目を気にすることもなく大声で笑ったりもした。

『あー、ヤバい！　とれないよ！』

『アハハッ！　今の穂香すごい格好だったよ』

すぐそばが海のため、ボールが飛んでいかないように気をつけながら遊んでいると、私にむかってきていたボールが突風に乗って海のほうに行ってしまった。

『ヤバい！』

穂香の声に反応した私がいそいでボールを追い、手をのばしてキャッチをした。

足は海に入ってしまったけど、なんとかボールが流されずにすんだ。

『ギリギリセーフ！』

そう言いながらふりかえると、穂香がいる場所の少しうしろに人が立っていた。

しかもそれは、知っている人だった。

動揺してしまい、しっかりつかんだはずのボールが私の手からポロッとすべり落ちる。

ジャージ姿のその人は、首にかけていたタオルをつかみながらこちらを見ている。

私のほうをむいている穂香は気づいていなかった。

私はあわててボールを拾いあげ、うつむきながら穂香にかけよった。

『ゆめ、ナイスキャッチだったね』

あの人はたぶん、男子バスケ部の先輩だ。

練習しているときに見かけたことがあるからまちがいない。
どうしよう……さわいでいた声を聞かれた。
絶対に変な声だって思われた。絶対……。
『ゆめ？　どうかした？』
なにも答えない私を心配そうにのぞきこむ穂香。
私の視界のすみにあったその先輩が、こちらにむかって歩いてきているのが見えた。
どうしよう……どうしよう……。
不安が胸の中で少しずつふくらんでいく。こわくて、足がふるえた。
『あれ？　おはようございます』
穂香の声に顔をあげると、近づいてきた先輩に気づいた穂香が横をむいていた。
『あの、バスケ部の本城先輩ですよね？』
『うん。朝からビーチバレー？』
『はい。寒いので運動してました。先輩は？』
『俺は日曜の朝はだいたいここを走ってるんだ』
『へぇー、そうなんですね！』
穂香はなんのためらいもなく先輩と話をしているけど、私は不安でおしつぶされそうだった。

帰ろうと言わんばかりに、私は穂香の腕をつかんだ。

氷のようにかたまった体と、さだまらない視点。

うるさくて変な声を聞かれてしまった。今すぐここから逃げ出したい。

そう思ったとき、先輩はくしゃっと頬をゆるませて、私を見つめた。

『楽しそうな笑い声だったね』

楽しそうな、笑い声？

だって、私の声は……。

『その声、俺好きだな』

先輩の言葉の意味が、一瞬わからなかった。

だけど理解した瞬間、さっきまで聞こえていたはずの波の音や通りを走る車の音が、一瞬にしてすべて消え去った。

まるで夢を見ているかのような感覚におちいり、まわりの景色がとつぜん輝きをはなったように感じる。

微笑んでいる先輩の顔だけが私の目にうつると、心臓の鼓動が徐々に速くなっていくのがわかった。

『じゃー俺、行くから。またね』

『はーい。さようなら！』

先輩が背をむけると、一気に現実にひきもどされた。

なにも言えないまま、走り去っていく先輩の背中を見ているだけで胸が苦しくなって、涙が出てきた。

だけど苦しいはずなのに、心にずっと潜んでいた暗い闇に、ほんの少しだけ明るい光が差したような気がした。

『え？　ゆめ、どうしたの⁉』

あふれる涙とあふれる喜びを、おさえることができない。

『穂香……私……』

大キライな自分の声のことで、うれしいという感情が生まれる日がくるなんて、思ってもいなかった。

『私……好きに、なっちゃったかもしれない……』

たった一瞬だけむけられた笑顔、たったひと言だけで、私は本城先輩を……。

こうして海を見ているだけで、あの日のことは今も鮮明にうかんでくる。

トラウマをかかえて自分に自信がなくなってしまったのは、私がこんな声だから。

けれどこの声のおかげで、私は初めての恋をした。

こんな声を好きだと言ってくれたから、大好きだと思える人に出会えたんだ。

あれから三年がたったけど先輩への想いは少しも変わらなくて、私と先輩の距離も変わらないまま。

＊＊＊

駅につき電車をおりると、雨が降っていた。

改札をぬける前にカバンから折りたたみ傘をとりだす。

持ってきておいてよかった。そう思いながら改札を通ると、傘がないのか、駅の中から空の様子をうかがっている人が何人かいた。

しだいに強くなる雨音。

もっと激しくなる前に早く帰ろうと思ったとき、視線の先に見おぼえのあるうしろ姿があった。

私は心を落ちつかせるためにすーっと大きく息を吸うと、両手で折りたたみ傘を強くにぎりしめ、一歩をふみだした。

5　一歩前へ

本城先輩を好きになった日のことを思いうかべたばかりだからか、このタイミングで出会えるなんて、奇跡が起こったとしか思えない。

だけどこの奇跡を、今までの私だったらムダにしていたはずだ。

一歩進むにつれて、まるで警報を鳴らすかのように胸がドキドキと高鳴る。

今がんばらないで、いつがんばるんだ。

自分をふるいたたせ、私は折りたたみ傘をにぎりしめたまま先輩に近づいた。

制服姿の先輩は空を見あげているようだった。

うしろからだと顔は見えないけど、こまった表情をしている先輩がうかんだ。

傘なんかわたして、迷惑じゃないかな。もしかしたらだれかが迎えにくるのを待っているのかもしれない。

弱気になりそうな自分をふりおとしたくて、ブルッと頭をふった。

先輩のうしろに立った私は、小さく深呼吸をする。

「せ、先輩……あの……」

だけど先輩は、ふりかえらない。

私の声が小さいうえに、雨の音が邪魔をしているからなのだろうか。

もう一度息を吸い、今度は先輩の右どなりに移動しながら口を開く。

「ほ、本城先輩……あの、すみません」

肩をすぼめながら声をかけると、先輩はようやく私のいる右側をむいた。

「あれ？　相沢さん」

胸の高鳴りだけじゃなくて、頬まで火照りだしてきたような気がする。

それにくわえて、緊張で顔が強張ってしまう。

「どうしたの？」

喉になにかがつまっているみたいに声が出なくて、傘をにぎる手がふるえた。

「帰らないの？」

なにもしゃべらずにいる私の顔を、先輩がのぞきこんできた。

早く言わなきゃ。こんな奇跡、二度と起こらないかもしれないんだから！

「先輩、えっと……」

「ん？」

「あの、こ、これ……これ、使ってください」

傘を持っている両手を前にのばし、少しうわずった声でそう伝えた。

うつむいたまま両手をのばしつづけていると、先輩が私の傘をつかんでくれた。

恐るおそる顔をあげると、先輩のやさしい目が私にむけられていた。

「ありがとう。いいの?」

先輩を見つめながら、私は二回大きくうなずいた。

でもよく考えたら、この傘を先輩にわたすということは、自分の傘がなくなるということになる。

一瞬なやんだけど、すぐにそんなことはどうでもいいという結論に達した。

傘なんかなくたって、走ればどうってことない。

「でも、これを俺が借りちゃったら、相沢さんが濡れちゃうよね?」

「いえ、あの、私は大丈夫なので、先輩が……」

「大丈夫なわけないでしょ」

そう言うと、先輩は折りたたみ傘を開き、私の頭の上にさしだした。

「はい」

こんなことになるなんて、考えてもいなかった。

先輩と一つの傘に入ることになるなんて、想像できるはずがない。

とまどう気持ちとうれしい気持ちがかさなって、あれだけひびいていた雨の音さえも耳に入らなかった。

「一緒に帰るってことで、いいかな？」

「はい……先輩がよければ、あの、ありがとうございます」

「お礼を言うのは俺のほうでしょ？　濡れるの覚悟してたから助かったよ。ありがとう」

そう言って先輩は、また私に笑顔をむけてくれた。

私が先輩の左側に立って歩こうとしたとき、先輩は「ごめん」と言って私の反対側に移動した。

「俺、歩くときこっち側じゃないとダメなんだ」

「え？」

「じゃー行こっか」

「あっ、はい」

あまり近くなりすぎず、だけどはなれてしまうと先輩が濡れてしまうから、腕がふれない程度の距離を保ちながら、ならんで歩いた。

一緒に帰るといっても、なにを話していいのかぜんぜんわからない。

傘をわたすだけでも精一杯だったのに、会話をはずませるなんて私にはムリだ。

ポツポツと雨が傘にはじかれる音や、地面にぶつかる雨音だけがひびく。

「とりあえず海沿いに出ちゃって大丈夫かな?」

中学も一緒だったから、このまま海沿いの道を行けば私の家があって、その先に先輩の家があることは知っている。

「あ、はい」

返事はしたものの、こういう経験はもちろん初めてで、どうすればいいのかわからない。

聞きたいことはたくさんあるけど、どれもちがう気がするし……。

言いたいこと、今言わなきゃいけないこと……。

「相沢さん」

名前を呼ばれ、左側にいる先輩を見あげた。

「部活はどう?」

「え、あ、部活は、えっと、楽しいです」

「そっか。ならよかった。相沢さんは中学のときから一生懸命バスケやってたもんね」

「はい、あの、ありがとうございます」

なんのお礼か自分でもわからないけど、黙りこんでしまわないように言葉をつないだ。

だけどそのつづきがうかばなくて、また雨の音だけが私たちのまわりをつつむ。

そうだ。お礼を伝えるとしたら、あの日のことをちゃんと言わなきゃ。

一度ゴクリと唾を飲み、先輩を見あげた。

「あの、先輩。あの、私」

「なに?」

視線をあわせてくれただけで、緊張で心臓が止まりそうになった。

「あの日……」

「え?　ごめん、なに?」

もっとちゃんと伝わるように言わなきゃダメだって、うるさい雨音にそう言われているような気がした。

「わ、私が先生に荷物をたのまれて運んでいた日、あのとき、本城先輩が手伝ってくれて……す、すごくうれしかったです。ありがとうございました」

先輩はもうおぼえていないかもしれないけど、でもお礼さえ言えなかったことをずっと後悔していたから。

「荷物……あぁ、あのときの。ぜんぜん気にしなくていいよ、俺が勝手にやったことだから」

「いえ、本当にうれしかったので……」

最後のほうは、自分でも聞きとれないほど消えるような小さな声だった。

でもうれしかったということと、お礼を伝えられたことで、心の中のモヤモヤが少し晴れた気がした。

駅前から海沿いの道に入る信号が赤になり、立ちどまる。

チラッと横を見あげると、信号を見つめる先輩の顔が街灯に照らされていた。

このあたりは交通量があまり多くないから、雨さえ降っていなければふだんは波の音がよく聞こえる。

「先輩は……言いたくても言えないこととか……」

「ん？　なに？」

「あっ、いえ、なんでもないです。すみません」

なにか話さなきゃと思いとっさに口に出してしまったけど、こんなこと先輩に言っても迷惑かもしれない。

私は思わず小さなため息をもらす。

「どうしたの？」

「いえ……あの……」

「俺でよかったら、聞くよ？」

私は背すじをのばし、緊張した面持ちで先輩に視線をむけた。

「えっと、じつは……友達とケンカをしてしまって」

「ケンカ？」

「はい。わ、私のせいで、怒らせてしまって……私のために言ってくれたんだってわかってるのに、なかなか謝ることができなくて」

本当は先輩に話しかけられない自分が原因なんだけど、そんなことは言えない。

視界に入っている信号が青に変わったことに気づき顔をあげたけど、本城先輩は立ちどまったまま動こうとしなかった。

たぶん、気づいていないのだと思う。

だから私も、そのまま気づいていないふりをした。

「そっか。ケンカしちゃったのか」

「私が悪いので……私が、言いたいことをちゃんと伝えられないから」

「言いたいことがうまく言えないときって、あるよね。俺もそういうときあるし」

おどろいた私は、口を開けたまま先輩を見つめた。

まじめでやさしくていつも友達にかこまれている先輩にも、言いたいことが言えない瞬間があるのかな。

「小学校五年のときに仲良かった友達とささいなことでケンカしちゃったんだけど、仲直りをする前に友達は転校しちゃったんだ。謝ろうと思ったのに、けっきょく言えなくて」

「その友達とは、どうなったんですか？」

「うん。転校したあとで手紙を出したんだ。ごめんって」

「それで、友達は……？」

「俺もごめんって、返事が来たよ。遠くにひっこしちゃったから会うことはなかなか難しいけど、今でもときどき連絡はとってるんだ」

そっか。先輩はちゃんと謝ることができたんだ。だけど、私は……。

「だからさ、言いたいことが言えなかったとしても、また言葉にすればいいんじゃないかな？」

「また……？」

「そうだよ。そのとき言えなくても、少し遅れちゃったとしても、また言えばいい。たとえ遅れたとしても、伝えたい気持ちがあればちゃんと伝わるよ。言葉は逃げたりなくなったりしないんだから」

逃げたり、なくなったりしない……。

「でもね、それと同時に、絶対に言わなきゃいけないときもあると思うんだ」

前をむいた本城先輩の顔に、いつのまにか変わっていた信号の赤が反射する。

「言わなきゃ、いけないとき……？」

「うん。だれかを傷つけたときと、後悔したくないとき」

高鳴る胸に手をあてながら先輩と同じように前をむくと、信号がふたたび青に変わった。

先輩にあわせるように、足を進める。

「ケンカした友達が相沢さんのために怒ってくれたんなら、きっと相沢さんのことがすごい大切なんだね」

「えっ？」

「大切だからこそ、本気で怒ったりケンカしたりするんじゃないかな」

ケンカした日に見せた、穂香(ほのか)の泣きそうな顔が脳裏(のうり)にうかんだ。

小さいころから穂香はいつも私のとなりにいてくれた。声のことや言いたいことが言えない私をバカにしたことなんて一度もなかった。

なやんでいるときも、いつでも真剣に話を聞いてくれた。

そんな穂香といるときだけは、大きな声を出すことができた。

大声で、笑うことができた。

「みんなそれぞれなやみとかかかえてると思うし、変わりたくても変われない。だけどけっきょく勇気を出すのは自分自身なんだよ。……なんてえらそうに言っちゃったけど、俺もできてないけどね」

「いえ……そんな」

「まぁ、完璧な人間なんていないから」

私がずっと見てきた本城先輩は完璧な人だった。

でもそれは、私が本城先輩のことをそう見ていただけで、なにも知らないからなのかもしれない。

完璧に見える本城先輩にだって、きっとたくさんなやみがあるんだ。

もしも先輩がなにかにつまづいて、なにかに傷ついたりなやんだりしたときは、力になれるような人間になりたい。

今の私じゃ絶対にムリだけど、先輩や大切な友達のためだと思ったら、もっと強くなれるような気がした。

海沿いの道を歩きはじめるとようやく緊張が少しだけおさまってきて、まわりの景色が目に入ってきた。

雨に濡れた街が、街灯に照らされ光沢をはなっている。

車が通るたびにバシャッとはじく水の音、傘に当たる雨音はさっきよりもだいぶ弱くなっていた。

反対側の歩道に緑色の看板が目印のコンビニが見えてきた。

あのコンビニを曲がると、私の住むマンションがある。

つまり、もうすぐでこの奇跡のような時間が終わってしまうということ。

「あの、私むこうなので」

コンビニの前につくと、その横にあるわき道を指さした。

駅からの道のりはけっして長くなかったけど、先輩と初めてちゃんと話せた時間は私にとってとても大切で、永遠にしまっておきたい宝物になるはず。

「せっかくここまで来たから、家まで送るよ」

「あっ、いえ、それは……」

そこまでしてもらうのは悪いので、私は遠慮するかのように両手をふった。

「大丈夫、俺の家もどうせすぐ近くだし。行こ」

そう言って先輩はコンビニを曲がったので、私は「すみません」と小声で言いながら先輩のとなりを歩く。

申しわけないと思いつつも、まだほんの少しだけ幸せな時間がつづいてくれることに心がはずんだ。

とはいえ、なにも話せないまますぐに自宅マンションが見えてきてしまった。

手をそっと傘の外に出すと、雨粒は落ちてこなかった。

騒々しかった雨の音もいつのまにか消えている。

マンションの下につくと、先輩が折りたたみ傘をたたんだ。

「雨やんでよかった。傘、ありがとね」

そう言って、きれいに折りかさねてくれた傘を私にさしだす。

「いえ、私こそ……送っていただいて、ありがとうございました。私、ケンカした友達にすぐ謝ろうと思います。あの、先輩が言ったように、友達を傷つけてしまったから……」

私がそう言うと、先輩は私を見て微笑んだ。

「そっか。大丈夫だよ、その友達にもきっと伝わるから」

「はい。本当にありが……」

そう言いかけたところで、マンションの出入り口にあるライトに照らされた本城先輩をよく見ると、先輩の左肩が濡れていることに気づいた。

傘をさしていたことがまるで意味をなしていないほど、左側の白いシャツが濡れている。

髪の毛先からも、ポタポタと雨のしずくが落ちていた。

それにくらべて私は足元が少し濡れているだけで、あとはほとんど濡れていない。

先輩は、私が濡れないように……私なんかのために……？

「どうしたの？」

うつむいた先にある水たまりを見つめていると、鼻の奥がツンと痛んできた。

「ほ……本当に、ありがとうございました」

「俺も、ありがとね。じゃーカゼひかないようにね」

それは、本城先輩のほうだよ。私が濡れないように傘をさしてくれて、そのせいでこんなにも本城先輩が濡れてしまった。

先輩が私に背をむけると、私はその背中を見つめながら、口を開いた。

「あ、あの！」

ふりむいた本城先輩が首をかしげると、私は胸の前で両手をにぎり、深く息を吸う。

「帰ったら、ちゃ、ちゃんとふいてください。それで、あの、お風呂入ってあたたまって。それから……あの、早く寝てください！」

気づいたら、いつもより少し大きな声を出していた。

ドキドキと心臓が鼓動（こどう）をうち、足がふるえる。

それでもまっすぐに本城先輩を見つめると、本城先輩はフッと顔をほころばせた。

「なんか今の、母親みたいでおもしろいね。大丈夫だよ、帰ったらすぐに風呂入るから。ありがとね、相沢さん」

私にむかって左手を大きくふり、ふたたび歩きだした本城先輩。

その背中が見えなくなるまで、私はその場に立ちつくす。

本城先輩が通りの角を曲がったとたん、体から一気に力がぬける。

雨上がりの空を見あげると、うすぐらい雲の隙間（すきま）から、わずかな光が差していた。

6　好きな人

　家に帰ると、だれもいなかった。お母さんは今日はパートで、弟は遊びに行っているのかもしれない。

　自分の部屋に行き、すぐにカバンからスマホをとりだして電話をかけると、三回のコールで相手が電話に出た。

『もしもし』

「あっ……私、あの、今……これから、穂香の家に行ってもいいかな？　話があるの」

　声をふるわせながらそう言い、制服のスカートをにぎる。

『わかった。今外に出ててゆめの家の近くにいるから、このままそっちにむかうよ。五分くらいでつくと思う』

「うん、ありがとう」

　電話を切った私は、着がえることも忘れて壁にかけてある時計の針を見つめながら待った。

それから穂香がやってきたのは、ちょうど五分がたったとき。

「来てもらっちゃって、ごめんね」

玄関に立っている穂香は首を横にふり、無言のまま私の部屋に入った。

やっぱり怒っているのかな……。もし怒っていたとしても、ちゃんと伝えなきゃ。

私の言葉で穂香を傷つけたのに、言わなければいけない大切なことを私はまだ言っていないのだから。

ベッドの前に二人でむかいあって座ると、私は穂香の目を見つめたあと、すぐに頭をさげた。

「ご、ごめん。穂香、ごめんね。ひどいこと言って……っ、穂香を傷つけて。それなのに、すぐ……すぐに謝ることができなくて、ごめんなさい」

言葉をつまらせながら、必死にそう伝えた。

傷つけた穂香を思って胸が苦しくなるくらいなら、最初からすぐに謝っていればよかったのに。

大切な人にきらわれたかもしれないと思うとどうしてもこわくて、よけいなことばかり考えてしまって言えなかった。

私は本当に最低な友達だ。

涙をガマンしていると、穂香が私の両手に自分の手をかさねた。

「穂香……私」

「ごめん！」

もう一度謝ろうとしたとき、今度は穂香が私にむかって頭をさげた。

「なんで？　どうして穂香が謝るの？　謝らなきゃいけないのは私で……」

顔をあげた穂香の目にはきらりと光るものがうかんでいて、鼻が徐々に赤みをおびていく。

「好きな人とうまくいってほしいっていう気持ちが先走って、ゆめの気持ちも考えずに言いたいこと言ってごめん」

「ちがうよ、穂香はなにも悪くない！　私が、私が勝手にあせって落ちこんで、それで穂香に当たっちゃったから」

けれど穂香は大きく首をふって、言葉をつづけた。

「私はゆめの幼なじみで親友なのに、ゆめの気持ちをわかってあげられなかった。本城先輩を好きだけどどうしていいかわからなくてなやんでること、ぜんぶ知ってたのに」

ちがう……。

前に進めなくていらだって、それを穂香にぶつけてしまった私が悪いんだ。

「穂香……ごめんね。臆病（おくびょう）でがんばれない私の話を、いつも真剣に聞いてくれていたのに。小学生のとき、傷ついた私をはげましてくれたのに。言いたいことが言えなくて、自分のことが大キライな私のことを、いつも……いつも大好きだって言ってくれていたのに」

「ゆめはがんばってるよ。中学一年のときからずっと好きで、その気持ちは今も変わらなくて。そんなふうにだれかを好きになれるゆめは本当にすごいと思う。ゆめが自分の声をキライだってことは知ってるけど、でも私は、ゆめならその痛みをいつか乗りこえられるって信じてるよ」

「ほ、穂香は……っ、親友、だよ……大好きな、大切な、親友だから……」

必死に涙をこらえている私の背中を、穂香がやさしくさすってくれた。

「うんうん、わかってるよ。大丈夫、ゆめの言葉はちゃんと私に伝わってるから」

「ありがとう……穂香」

「私も、ありがとう。よし、じゃーゆめはさっさと着がえて。お菓子持ってきたから、一緒に食べよ！」

「うん、そうだね」

穂香に謝れないままだったら、私は大切な親友を失うことになっていたかもしれない。

今こうして穂香と泣きながら笑いあえるのは、本城先輩のやさしい言葉と、私を思ってくれる穂香のおかげだ。

これからも大切な言葉は勇気を出して自分の口からちゃんと伝えて、いつか……あの日の悲しみを乗りこえたい。


翌日の昼休み、私は沙月と一緒に屋上に来ていた。

高いフェンスにかこまれている屋上は昼休みだけ開放されていて、あたたかい日は屋上でお昼を食べる生徒がけっこう多い。

「あー、やっぱ外で食べると気持ちいいよね。たまには屋上もいいね」

「うん……」

沙月が言うように、教室から見るよりも空が近くに感じられて、通りぬける風を邪魔する物がなにもないこの開放感は、たまらなく気持ちがいい。

「もうすぐ梅雨だし、梅雨がすぎたら夏でしょ？　屋上で食べるなら今の時期が一番いいかもね」

「たしかに……」

私がそう返事をすると、おにぎりを食べてお茶を飲んだ沙月がジッと私の顔を見つめてきた。

「な、なに？」

「さては……なんかいいことでもあったな？」

「えっ？　うん……まぁ」

残った唐揚げを一気に口に入れてしまい、頬がリスのようにふくらんだ。

そんな私を見て沙月は爆笑している。

「ゆめってほんと、わかりやすいよねー」

食べ終わったゴミをまとめながら、沙月がニヤニヤした目つきで私を見つめている。

「あのね、じつは……私、好きな人がいるの」

なんでわかっちゃったんだろうと思いつつ、私はまだ話していなかった先輩への気持ちと、昨日の出来事を沙月に話した。

「なるほどね〜」

両手を地面につき、空をあおぎながら沙月がつぶやく。

「傘をかそうと思っただけなのに、ま、まさかあんなふうに二人で帰ることになるなんて思ってなくて……」

「相合傘しちゃったってわけか」

その瞬間のことを思い出すと、とたんにはずかしくなって、私は立てた膝に顔をうめた。

「ゆめってほんとかわいいな〜。純粋でまっすぐだし、なにより本当に真剣だもんね」

腕の隙間から沙月の顔を見ると、沙月はなぜかうれしそうに微笑んでいた。

沙月が私のことをそんなふうに思ってくれていることは、素直にうれしい。

「よかったじゃん。これで一歩近づけたわけだし、この調子でどんどん積極的に話しかけたりしなよ」

「うん……そうできればいいけど……」

積極的にといっても昨日会えたのはたまたまだし、二人きりだったから話せただけで……。

それに学年がちがうとふだんはあまり会えないし、部活のときくらいしか話すチャンスはないと思う。

まわりにだれかがいるところで話しかける自信は、まだない。

お弁当箱をカバンにしまいながら考えていると、沙月がその場にあおむけで寝転んだ。

「あー、気持ちいいな。このまま寝たーい！　帰りたーい！　あ、ダメだ、帰ったら部活できないじゃん」

空にむかってそう叫び、自分で自分につっこむ沙月。

まわりにいる生徒が、そんな沙月にチラチラ視線をむけながら笑っている。

沙月はまわりにどう思われているかなんて、あまり気にしないんだろうな。

知りあって長いわけではないけど、私は沙月のそういうところが好きだし、うらやましくも思う。

「一日でいいから、沙月と入れかわってみたいな。急にバスケ下手になったって思われそうだけど」

フェンスに寄りかかりながらそう言うと、沙月は寝転がっていた体を起こし、私とむかいあうようにあぐらをかいて座った。

「私と入れかわったらどうなるか知らないよ？」

「どうなっちゃうの？」

「私がゆめになったら、まず……」

フェンスにあずけていた体を離し、興味ありげに前のめりになった。

「まず？」

「告白するかな」

「——……えっ⁉」

一瞬間をおいたあと、つい大きな声をあげてしまった。

私は両手で自分の口をふさぎ、まわりを気にしてキョロキョロと視線を動かした。

よかった、だれもいやな顔はしていない。

安心した私は沙月につめよる。

「な、なんで……告白？」

「だって、好きならとりあえず告白かなって思って」

「だ、だ、ダメでしょ！」

「なんで？」

「なんでって、それは……だって、まだそういう段階までいってないし。まずは仲良くなって、それから何人かで出かけたりして、次は二人きりで出かけて、そうやって徐々に……」

「ゆめってさ、今どきの女子高生にはめずらしく恋愛下手っていうか、まーそういうところが私は好きなんだけどね」

たしかに自分でも恋愛にむいていないと思う。

自信もないし、仲良くなるすべも知らないし、この先どうしていけばいいのかも正直わからない。

「沙月の言うとおりだけどさ、でも絶対ダメだよ。いきなり告白だけは絶対にしないでね」

「本当に入れかわるわけじゃないのに、ゆめ必死すぎだよー。わかったわかった、たとえこの先入れかわることがあっても、すぐには告白しないよ。たぶんね……」

「たぶんじゃダメだよ！　沙月がもし告白なんてしたら、沙月に入れかわった私はバスケの練習でとんでもなくかっこ悪いシュートしちゃうからね」

くだらないことで盛りあがっているあいだ、私は私本来の声を出していることに気づいていた。それでも、声をおさえることはしなかった。

こんなふうに声を出せているのは、きっと沙月のおかげだ。

今この瞬間、沙月が私を私らしくさせてくれている。

まわりの目なんか気にならないほど楽しく話ができるだけで、小さくなっていた心がこの屋上のように解放された気持ちになる。

「なんか声が聞こえると思ったら」

二人で盛りあがっていると、沙月のうしろに立って声をかけてきたのは、男子バスケ部の新田浩人（にったひろと）先輩だった。

とつぜん沙月以外の人にそばに来られると、変な緊張感がおそってくる。

そして私はまた、臆病な自分にもどり、小さくなってしまう。

背がとても高く、短い黒髪の新田先輩も中学が一緒で、本城先輩と仲がいい。

しかも沙月とも気があうようで、部活のあとで二人が話しているのをよく見かける。

「あ、新田先輩じゃん。いたんだ」

　くるりとふりかえって沙月がそう言った。

「いたんだじゃないし。俺は雨の日以外はいつも屋上で一人で飯食ってんだよ」

「一人で?」

　沙月の言葉にうなずいた新田先輩は、そのまま沙月のとなりに座った。

「昼くらい一人でのんびり食べたいだろ」

「えー?　そうですか?　私は友達と食べたほうが楽しいけど」

　私も沙月と同じ気持ちだ。

　もしクラスに沙月がいなかったら、今ごろ一人教室で食べていたかもしれない。そう思うとこわいし、さみしい気持ちになるから。

「まー人それぞれだろうけど、俺は一人で食べて昼寝してるほうが楽。逆に叶多(かなた)はすげぇよな」

「叶多って、本城先輩?」

「あぁ。あいつのまわりにはいつもだれかがいてさ、どんなときも笑顔だしさわやかだし、キゲン悪いとこなんて見たことないし。俺だったらムリだな。ほんとまじめを絵に描いたみたいなやつだよ」

「でも、そういうところが先輩のいいところだと思います」

二人の会話を聞いていた私は、新田先輩にむかってそう言った。

ずっと見ていたからなんとなくわかる。

本城先輩は、ムリして笑顔でいるわけではなくて、だれにでも同じように接する。

それがきっと本城先輩なんだと思うし、そういう性格だからこそ、言葉を交わすだけでやさしさが伝わってくるんだと思う。

ふと沙月のほうを見ると、ニヤニヤと口元をゆるませあやしい微笑をうかべている。

それを見て、思わず新田先輩に本心をしゃべってしまったことに気づき、あせった。

「いや、あのなんとなく、そう思っただけで……」

「ゆめはさ、本当にずっと先輩のこと見てきたんだね」

「ちょっと沙月……私は、べつに……」

新田先輩は、なにも言わずこちらを見ている。

あまりのはずかしさに顔が火照(ほて)りだし、たいした言葉を言いかえせないまま、たまらずうつむいた。

「もっと話しかけていいと思うよ。だれに遠慮することもないんだし、ゆめならもっとやれるよ」

沙月にそう言われて顔をあげると、沙月からさっきの微笑は消えていた。とてもまっすぐな目を私にむけている。

「俺も、飯島の意見に賛成」

立ちあがった新田先輩が、私にむかってそう言った。

「えっ？」

「お前らは考えすぎなんだよ。まじめすぎ。たまにはなにも考えずに勢いで動いてもいいと思うけどな」

新田先輩はそれだけ言い残し、「じゃーな」と言って屋上を出ていった。

だまっている私の肩に手をおき、沙月が言った。

「私もそう思うよ」

「考えすぎると難しくなることも、なーんにも考えないで頭空っぽにしたらさ、案外簡単にできちゃうかもよ」

沙月の言葉と同時にチャイムが鳴りひびいた。

頭を空っぽにしたら、まわりを気にせず沙月と笑いあえたように、本城先輩に対しても自然に行動できるのかな。

そうなれたらいいなという思いを抱きながら、青空の下をあとにした。

放課後、一人で廊下(ろうか)を歩いていると、化学室の前を通りすぎる寸前、とつぜんドアがガラッと開いた。

「あっ！」

「あ！」

おどろいて声を出したら、そこにいた本城先輩も同じように声をあげた。

「ど、どうも」

私があわてて頭をさげると、先輩は「どうも」と言って微笑んだ。

「部活行くの？　あいかわらず早いね」

「あ、はい」

そうだ、昨日のこと、先輩に言わなきゃ。

「あの先輩、昨日はありがとうございました。友達に自分の気持ちをちゃんと伝えて謝って、仲直りできました」

「そっか、よかった」

「先輩のおかげです」

「そんなことないよ」

ちゃんとお礼を言えたけど、そのあとの言葉がうかばなくて、会話がとぎれてしまった。

せっかく偶然先輩に会えたんだから、なにか話題は……えっと……。

「せ、先輩は……朝は、朝は何時に起きてますか？」

とっさに思いついたことを聞いてしまった。

「朝？　朝は、七時くらいかな」

先輩はいやな顔ひとつせず、そう答えてくれた。

「そういえば、相沢さんは何時ごろ電車に乗ってるの？　地元一緒なのに一回も会わないよね」

それは、私も気になっていたこと。

いつか駅で先輩に偶然会うなんてこともあるかもしれないと期待していたけど、入学から今まで一度も先輩とは会っていない。

「私は、えっと、七時半に駅につくようにしています」

「七時半か。じゃーもしかしたら俺はその一本あとの電車かも」

「そう、なんですね……」

毎朝乗っている電車の次の電車に、先輩は乗っていたんだ。

一度でも忘れ物とか寝坊とかなにかがあったら、偶然会えていたのかな。

そう思いながら私より頭一つくらい大きい先輩を見あげた。

目があって、心臓が高鳴る。

「先輩は、あの、YouTube 見たりしますか?」

私はまたとっさにうかんだことを口に出した。

「んー、お笑いとかたまに見るけど、ほとんどバスケの試合ばっかりかな。バスケはDVDも買ったりするし」

「買うんですね。さすがです」

「やっぱプロはすごいからね。相沢さんも見たりする?」

「あ、いえ、私はあまり……」

返事をしたあと、また会話がとぎれてしまった。

先輩が窓の外を見たので、私も一緒になって窓の外に視線をむける。

授業が終わったばかりだから、校庭にはまだサッカー部も野球部もいない。

でも先輩と一緒に同じ景色を見ているというだけで、私の心は幸せな気持ちでいっぱいになる。

毎日歩いている学校の廊下がとくべつな場所に変わって、明日も明後日(あさって)も、こうして先輩のとなりにいられる時間を増やしていきたい。

だからもっと、もう少しだけ話したい。

だけど聞きたいことはたくさんあるはずなのに、こういうときにかぎってうかばない。

沙月や新田先輩が言ったようになにも考えないで、とにかく話さなきゃ。

頭を空っぽにして、勢いで……。

「せ、先輩は……あの、す、す、好きな……好きな、人……いますか？」

「……え？」

勢いで口から出てしまったのは、自分でもおどろくほど予想外な言葉だった。

やっぱりなんでもないって言おう。

そう思ったとき、先輩が口を開く。

「うーん……まぁ、いるかな」

ん？　一瞬、時間がとまったかのようになにも考えられなくなった。

「なんかさ、どうしてもその人を目で追っちゃうんだ」

「え、え、あ……」

返す言葉が見つからなくてとまどっていると、先輩はさらにつづけて言った。

「あこがれっていうか……。相沢さんはいるの？」

「いえ……あの、私は。す、すみません！」

私は頭をさげ、逃げるみたいにこの場をあとにした。

走って校舎を抜け、まだだれもいない更衣室(こういしつ)に入ると、先輩の言葉をもう一度思いうかべた。

そのとたん、涙がこみあげてくる。

ドキドキしていた胸が、今度は苦しいくらいにしめつけられる。

そう……だよね。

今までは先輩を好きだという気持ちだけでいっぱいで、そんなこと考える余裕はなかったけど、先輩に好きな人がいたってなにもおかしいことなんてない。

私が先輩を好きなように、先輩にだって好きな人くらい……。

もしかしたら、先輩の好きな人って……里奈(りな)先輩？

練習のときに、二人で話しているところを何度も目撃した。

すごく楽しそうに笑っていたし、あんなにかわいいマネージャーなら本城先輩とお似合いだ。似合いすぎて、私の入る隙間なんて見つからない。

ほんの少しだけ近づけたと思ったのに、これからもっとがんばろうって思っていたのに。

聞かなきゃよかった。知りたくなんか、なかった……。

7　七駅だけの幸せ

先輩に好きな人がいると知った翌日。

私の心は鉛が入ったかのように重い。

考えないようにしていてもやっぱり本城先輩のことばかりうかんでしまって、そのたびに、先輩には好きな人がいるんだという現実が頭をよぎってしまう。

そしてまた、心がずっしりと重くなる。そのくりかえしだった。

一人でかかえるにはあまりにもつらくて、部活が始まる前に沙月に相談することにした。

「沙月、ちょっといい？」

「どうした？」

まだだれも来ていない体育館のすみで、私は昨日のことを沙月に話した。

先輩に好きな人がいるということを。

「なんか元気ないなって思ってたけど、そういうことか」

「がんばりたいのに、がんばっても意味ないんじゃないかって考えちゃって」

「そうかな?」

「だ、だって、私がいくらがんばっても、先輩にはもう……いるわけだし」

「たしかにそうなのかもしれないけど、このままあきらめられる? 先輩がどうとかじゃなくて、自分の気持ちとして」

「それは……」

あきらめられるわけない。

先輩に好きな人がいてもいなくても、先輩を好きな気持ちは変わらないから。

でも……。

「中学のときにもっとがんばっていたら、ちがったのかな。ほんと、後悔ばっかりだよ」

「後悔することなんて、だれだってあるでしょ」

「沙月もあるの?」

「もちろん。私ね、本当はちがう高校に入りたかったんだ。バスケが強い学校。だけど親に反対されてね。その高校はスポーツに力を入れているけど、偏差値はそこまで高くなかったから」

どうしてもバスケを本気でやりたいなら、それだけではなくて勉強もきちんとできる環境でやりなさい。それなら部活をつづけてもいい。沙月は親にそう言われて、一番入りたかった高校をあきらめたのだと教えてくれた。

「本当はね、勉強よりバスケのほうが大事だ！　将来は絶対バスケで活躍して有名な選手になるから！　そう言いたかったけど、言えなかった」

沙月は少しせつなげに苦笑いをうかべたあと、そのときのことを思い出すかのように目をつむった。

「沙月……大丈夫？」

「ゆめさ、おぼえてる？」

パッと目を開き、私を見つめた沙月。

「入学式の日に教室で初めてゆめと話したとき、家から遠くて通うのけっこう大変だけどバスケ部はわりと強いからこの高校をえらんだって、私はゆめにそう言った」

「うん」

「だけどね、わざわざ遠いのにこの高校をえらんだのは、一番行きたかったところに行きたいって親に言えなかったから。ゆめに本当はそう言わなきゃいけなかったのに、ただゆめの前でかっこつけただけなんだ」

真剣に聞いている私にむかって、沙月は微笑(ほほえ)んだ。

「あ～スッキリした！　かっこいいとかサバサバしてるとかよく言われるけど、本当は親にも逆らえなくて友達にも強がっちゃうなさけない女！　っていう私をゆめに見せられて、すんごいスッキリした」

なさけなくなんかない。沙月はちっとも、なさけなくなんかないよ。

「やっぱり……沙月はかっこいいよ」

私がそう言うと、沙月は窓の外を見ながら少し照れくさそうに笑った。

「他人からすればすごい小さなことだし、そんなことが言えないの？　って思うようなことかもしれないけどさ、ゆめみたいにぽーっとしてる友達に言うだけでも、けっこう勇気がいるんだよ」

「ぽーっとしてるはよけいでしょ」

「ごめんごめん」

自分だけがなやんで自分だけがつらいと思っていたけど、沙月だっていろんな思いや後悔をかかえていたんだ。

行きたかった高校をあきらめなきゃいけないのは、本当につらかったと思う。

沙月が自分の気持ちを話してくれたから、私はまだ沙月に言っていなかった自分のトラウマのことを聞いてほしいと思った。

「沙月、あのね。私の声って、小さいでしょ？」

昔はもっと明るかったこと、演劇会のことがきっかけで自分の声がキライになったこと。先輩を前にすると、声がうまく出ないことも。

「そっか……」

沙月はなにかを考えるようにうつむいたあと、顔をあげて私と視線をあわせた。

「でも私は……ゆめの声が変なんて思ったことないよ。本当に、一度も。逆にさ、私の声がすんごい低くて、怪獣みたいな声だったとしたら、ゆめは私をキライになる？」

沙月の言葉に、私は大きく首を横にふった。

「どんな声でも、私は沙月をキライになったりしない」

「うん、そうでしょ？　そういうことだよ。高校生になって初めてできた友達で、私と同じでバスケが好きで、部活はだれよりも一生懸命練習してる。私はそんなゆめが好きなの。声なんて、関係ない」

「沙月……」

「ゆめが受けた昔の傷はどうすることもできないけど、今のゆめの力になることはできる。いつでも話聞くし、いつでも相談してくれていい」

「うん。ありがとう、沙月」

「先輩のこともさ、このままあきらめるなんてダメだよ」

沙月の言うとおり、こんな中途半端なままあきらめるなんてできない。

でも、先輩に好きな人がいると思うと、どうしても勇気が出なくて……。


それから一週間が経過し、とにかく部活をやっているときだけは必死に練習に打ちこもうと、真剣に部活にとりくんだ。

「じゃー次、一年生三対三ね」

キャプテンが一年を三人ずつのチームにわけた。

最初に対戦したのは私がいるチームと沙月がいるチーム。

沙月は一年の中で一番背が高いし、シュートをはずしたらリバウンドをとられる確率が高いな。外からのシュートより、中に切りこんでいったほうがいいかも。

十分間のゲームが始まると、私はチームメイトにパスをしてそのまま相手の裏へまわってゴール下でパスをもらおうとした。

だけど私の動きを見ていなかったチームメイトは、自分でドリブルをしてフリースローラインの中から外にいた仲間へパス。そのボールを相手にとられてしまった。

十分間という短いゲームだけど、三対三は人数が少ないぶん動きも多くなるし、とてもつかれる。

終了の笛が鳴ったときにはもう全身汗だくだった。

けっきょく私たちのチームが六対二で負けてしまい、コートの外に出た私はタオルで軽く汗をふきながら次の対戦を見守る。

「ゆめ、ちょっといい？」

真剣にほかの部員の動きを見ていると、キャプテンが私のそばに寄ってきて声をかけてきた。

「は、はい」

タオルをおろし、背筋をのばす。

キャプテンはふだんはとてもやさしいけど、やっぱり話しかけられると緊張する。

「だいぶ声出てきたね」

「あ、はい……」

「でもさ、ゆめならもっと出せるはずだから。がんばって！」

キャプテンにそう言われ、急に心臓の鼓動(こどう)が激しくなる。

『もっと声出さなきゃだめ』、中学のときはそうやって先輩に何度も注意されたけど、けっきょく引退まで私の声の大きさは変わることはなかった。

「さっきのプレーもね、ゆめが声を出してたらパスもらえたと思うんだ。声かけってけっこう大事だから」

それは、自分でもじゅうぶんすぎるくらいわかっている。

みんなバスケがやりたくてがんばっているし、ボールの音やほかの部活の人たちの声もまじっている体育館で、私の声を気にする人なんてきっといない。

そう頭ではわかっていても、心がついていかないんだ。

人が大勢いるだけで、喉(のど)がかたくとじてしまう。

私は唇をかみ、キャプテンの目を見つめる。

「わ……わかりました。すみません……」

「うん。ゆめはまじめにがんばってるんだから、もっと声出せたらみんなとの連携も今よりうまくいくと思うから」

キャプテンはそう言って、私の背中をポンポンと軽くたたいた。

声……。

ふと顔をあげると、目の前では部員が声をかけあいながら三対三をやっていて、となりのコートからは男子バスケ部の声がよく聞こえる。バレー部も、みんな大きな声を出していた。

もう一度私たちのチームの順番がまわってくると、コートに立った私は自分の心臓に手をあて、強くにぎりながら大きく息を吸った。

このまま、また声を出せなかったとしたら、きっとこういう子なんだって、中学のときのようにそのうち先輩もあきらめると思う。

大きな声を出さないからといって、部活をやれなくなるわけじゃない。

だけど、それじゃ……私は大好きなバスケを精一杯やっていないことになる。

だから……。

ボールを持った私はドリブルで横に広がり、シュートをするふりをして仲間にパスをした。そして……。

「はい!!」

中へ切りこみながら手をあげ、仲間にむかって大きな声を出した。

私の声に気づいた仲間と目があい速いパスを受けとった私は、ゴール下のディフェンスをさけるために一度ドリブルをしてかわし、ゴール下からシュート。

バックボードに当てたボールは、そのままゴールに吸いこまれた。

ドキドキと心臓が音を鳴らし、呼吸が荒くなる。心臓をつかむようにTシャツをにぎると、「ゆめ、ナイシュ」ほかの二人にそう言われ、軽くうなずいた。

緊張がゆるみ心が軽くなった私は、仲間にむかって微笑んだ。

「ゆめ、まだ行かない？」

「あと少しだから、先行っててていいよ」

体育館に残っているのは、ネットをかたづけている数人の男子バレー部員と私だけ。

さっきまでボールの音やかけ声がひびいていたとは思えないほど、体育館は閑散としている。

モップを体育館の倉庫にしまい、もう一度ぐるっと体育館を見まわすと、舞台の上になにかが置いてあるのが見えた。

近づいて確認すると、そこに置かれていたのは白地に青の線が入った本城先輩のタオルだった。

タオルをジッと見つめていると、ガタンと倉庫の扉があく音が聞こえてビクッと肩があがる。

バレー部員が倉庫を閉めて体育館を出ていったところで、私はタオルを手に持った。

どうやってわたすかは正直思いつかないけど、先輩にわたしたい。

中学のころから本城先輩がよく使っていた見おぼえのあるスポーツタオルを持ったまま、更衣室にむかった。

更衣室に残っていたのは沙月だけだったので、いそいで着がえをする。

「あのさ、沙月。じつは、さっき先輩が忘れたタオルを体育館で見つけて持ってきたんだけど……」

タオルを沙月に見せた。

「そうなんだ。届けるの？」

「そう思って持ってきたんだけど……」

「ゆめならやれるよ。だって今日の練習のときもがんばってたじゃん。がんばって大きな声出して、それが結果につながったでしょ？　だから先輩のことも、精一杯やれることをぜんぶやったら、きっといい方向につながるよ」

「うん……」

私が迷っていると、更衣室のドアがガチャッとあいた。

「あ、ごめんね。忘れ物で」

入ってきたのは男バスのマネージャー、里奈（りな）先輩だった。少しだけ、胸が痛む。

里奈先輩は、椅子（いす）の上に置いてあったTシャツをカバンの中に入れてふりかえる。

「あれ？　それって」

里奈先輩の視線は、私の手にむけられていた。

「それ、叶多のじゃない？」

「あっ、えっと……」

すぐに返事ができない私を見て、里奈先輩が眉をよせる。

「叶多はもう帰っちゃったから、私が明日の朝返しておくよ」

「あの……でも……」

このまま里奈先輩にわたすべきなんじゃないかと思った。

本城先輩は、里奈先輩のことが好きなのかもしれないし。

だけど、私は……。

『精一杯やれることをぜんぶやったら、きっといい方向につながるよ』

さっきの沙月の言葉と今日の練習のことを思い出した私は、先輩のタオルをギュッとにぎる。

「あの、私、本城先輩と中学が一緒で、家も近いんです。だから、帰りにそのままわたしてもいいでしょうか？」

不安にゆれる心をおさえながら言った。

「あー、そうなんだ。まぁ濡れてるし、そのまま置いとくよりもいいかもね。じゃーよろしく」

里奈先輩はそう言って更衣室を出ていった。

足がふるえて、私は思わずその場にしゃがみこむ。

「がんばったね、ゆめ」

沙月が私の肩に手をのせた。

「じゃー帰ろっか」

「うん」

二人で駅にむかい、電車に乗りこむ。

やっぱり私は、このまま先輩をあきらめることなんてできない。

先輩に好きな人がいたとしても、たとえ叶わなくても、最後まで精一杯がんばりたい。

「沙月、私……もっとがんばってみる」

「里奈先輩にもちゃんと自分の気持ちを言えたんだから、ゆめならきっとできるよ！　じゃーまた明日ね、バイバイ」

「うん、ありがとう。明日ね」

沙月が電車をおりると、私は自分のカバンを大切にかかえた。

駅について海沿いの道を歩き、コンビニが見えてきたところで反対側にわたった。

コンビニの横の道を入っていくと私の家だけど、今日はこのまままっすぐ歩く。

しばらく歩くと、道の先に白いマンションが見えてきた。私はそこで一度立ちどまる。

私はその場にしゃがみこみ、カバンの中をあさる。そしてカバンに入れてあった小さなメモ用紙を一枚切りとり、ペンケースからボールペンを一本とりだす。

立ちあがった私は街灯の下のガードレールのできるだけ平らな部分にメモ用紙を置いて、そこにボールペンで丁寧(ていねい)に文字を書いた。

【体育館に忘れ物がありました。本城先輩のタオルですよね？　ちがったらすみません。】

最後に自分の名前を書くかどうするかでしばらくなやんだけど、けっきょく【相沢】と書き、メモ用紙をたたんで持っていたシールを開かないようにはった。

マンションの中に入ると、たくさんある郵便受けの中から【本城】と書かれた郵便受けを見つける。そこに、メモ用紙をあいだにはさんだ先輩のタオルを入れた。

ふるえる手をはなした瞬間、やっぱりこんなことしないほうがよかったかもと後悔がよぎったけど、今さらとりだすことはできない。

私はマンションを出て、そのまま全速力で家に帰った。

息が苦しくて呼吸がしづらいのは、走っていたからじゃない。

あの手紙を見て、先輩はどう思うだろう。家族の人に先に見られてあやしまれるかもしれないし、メモに気づかない可能性だってあるけど、それならまだいい。

もし、こんなことされて迷惑だと思われてしまったら……。

その日の夜は目をつむると最悪な展開ばかりがうかんでしまい、なかなか眠ることができなかった。


翌朝、鏡で自分の顔を確認すると、ちょっとむくんでいた。寝不足のせいだ。

先輩は、気づいてくれたかな……。気づいたとして、どう思っただろう。

「ゆめー、ちょっとポストに行って不在票とってきてくれる？　昨日忘れちゃって」

むくみをとるように洗面所で勢いよく顔を洗っていると、お母さんの声が聞こえてきた。

「はーい」

玄関を出て一階に行きポストを開けると、不在票が目に入る。ほかの物もまとめてとろうと思ったとき、手がすべって下にあった紙がバサッと落ちてしまった。

ため息をつきながら広告やハガキなどを一枚ずつ拾っていると、それらにまぎれて一枚の紙が落ちていることに気づく。

その紙を手にした瞬間、心臓がドキッと音を立てた。

私は落ちてしまった物をすべて拾い、いそいで階段をかけあがり二階にある自宅に帰った。玄関のドアを閉めたとたん、心臓の音はさらに激しさを増す。

紙を制服のスカートのポケットに入れ、不在票やその他の広告などをリビングにあるテーブルの上に置いた。

「ありがとう」というお母さんの言葉には返事もせず、そのまま自分の部屋にもどった。

ベッドの上に座り、ポケットからとりだした紙をもう一度よくながめてみる。

【タオル、届けてくれてありがとう。本城】

それだけが書かれていた。

紙を持つ手がふるえて、泣きそうになった。

昨日届けたタオルと手紙にちゃんと気づいてくれて、しかもわざわざ返事までくれた。

中学一年からずっとずっと好きで、あこがれで、近くて遠い存在の本城先輩が、私に……。

こんなことありえない。ありえないけど、やっぱりこれは現実で。

考えても考えても、うれしいという感情しかわいてこなかった。

「ゆめー？　時間じゃないの？」

「うん……」

お母さんの呼びかけに小さな声で答えた私は手紙を丁寧にたたんで、それを机の引き出しに入れた。

すぐにもう一度とりだして読みかえしたい気持ちになったけど、時間がなかったのでそれはあきらめて家を出た。

駅にむかうあいだ、先輩からの手紙のことで頭がいっぱいだった私は、駅についたころには今朝なにを食べたのかさえすっかり忘れていた。

いつも通りの時間にホームにつくと、しばらくして電車が到着するというアナウンスが流れた。

乗りこむために前に行こうとしたけれど、先日の先輩の言葉を思い出し、足をとめる。

『もしかしたら俺はその一本あとの電車かも』

この電車を見送ったら、駅で先輩に会えるのかもしれない。

電車が到着し、プシュッと音を鳴らしてドアが開いた。

まわりの人たちが前へ進むなか、私はゆっくりとうしろにさがる。

そして顔をあげ、ふとホームの左側に視線をむけた。

「えっ……？」

次々と乗客が電車に乗りこむなか、私は左をむいたままかたまる。

二つ先のドアの前には、本城先輩が立っていた。

「まもなくドアが閉まります」

電車の中に入っていった先輩を見届けていると、アナウンスが聞こえてあわてて私も乗車する。

ドアが閉まると、走りだした電車に体がぐらっとゆれた。そばにあった手すりにつかまって心を落ちつかせたあと、となりの車両を目指して歩いた。

この時間の車内は満員とまではいかないけど、人は多い。

「すみません」とつぶやきながらとなりの車両に行き、先輩が乗りこんだであろうドアの付近までたどりついた。

ときどきゆれる電車に足をふんばってなんとかたえながら、人の頭のあいだから先輩の姿をさがした。

そして次の駅に到着して何人かが電車をおりたとき、外をむきながらドアの前に立っている先輩を見つけた。

止まっているうちに先輩のうしろまで行った私は、そのままの勢いで声をかける。

「おはようございます」

けっこう大きな声を出したと思ったけれど、先輩は外をながめたままなんだかぼんやりとしていて気づかない。

こんなふうにぼーっとしている先輩を見られることはあまりないので、このまま見ていたい気持ちになった。

でもせっかく偶然会えたのだから、今度はうしろからではなく先輩の横に移動して軽く肩をたたき、声をかけた。

「先輩、おはようございます」

とつぜんでおどろいたのか、先輩がきょとんとした目を私にむけた。

先輩に対してこんなこと思うのは失礼かもしれないけど、その表情がとてもかわいい。

なんて思っていると、先輩はなぜか私のことをずっと見つめている。

「あ、あの……先輩……？」

胸の高鳴りをおさえつつ首をかしげると、先輩は微笑みながら私の頭のほうを指さした。

「寝ぐせ、ついてるよ」

「えっ……えぇ⁉」

髪の毛をととのえようとあせって手をあげた瞬間、次の駅に到着した電車がガタンとゆれた。

そのゆれにたえることができなかった私の体が、一気に先輩のほうへたおれこむ。

先輩の腕にもたれかかってしまった私はあわてて先輩からはなれ、うつむいた。

「ご、ごめんなさい。本当に、ごめんなさい」

はずかしくて、顔をあげられない。

わざとじゃないとしても、よりによって先輩に全体重をあずけてしまうなんて。

どうしよう、私……。

おずおずと顔をあげると、窓からの朝日を浴びた先輩がやわらかい笑顔をむけてくれた。

そして先輩は右手をのばし、その手が私の頭にポンとやさしくのせられる。

「大丈夫だった？」

先輩の手がとてもあたたかくて、胸の奥のほうから幸せがあふれてくる。

「は、はい。ありがとうございます」

好きな人と同じ電車に乗りたいという私の小さな夢が、こんなにも大きな幸せを生むなんて思っていなかった。

先輩に好きな人がいることはわかっているけど、でも私はやっぱり先輩が好き。

自分でもあきれるほど単純だけど、先輩に会えただけで幸せな気持ちになれるから。

けっして実ることのない恋だとしても、これからも先輩と話がしたい。

鳴りやまない心臓に手をあてていると、一つの疑問がうかんだ。

先輩は、どうしてこの時間の電車に乗ったんだろう。

「あの、先輩」

「ん？」

人が多いからか、胸のドキドキが伝わってしまうのではないかと思うほど、先輩との距離が近い。

「あの、今日は……いつもより早い、ですよね？」

そう聞くと、先輩は私からそらした視線を窓の外にむけた。

「うん。今日はめずらしく早く起きたから」

「そ、そうだったんですね」

もしもホームに先輩がいることに気づかないまま電車を見送っていたら、今こうして先輩と話すことはできなかったということ。

この偶然も、私にとっては奇跡だと言える。

「そうだ、昨日タオルありがとね」

「いえ、私こそわざわざ手紙まで書いていただいて、ありがとうございました」

「あっ、もう見たんだ？」

「はい。朝ポストを見にいったときに……」

「そっか。女の子に手紙なんて書いたことないから、たいしたこと書けなかったけど」

照れ笑いをうかべながらはにかむ先輩の顔を見ていると、遠くから見ているだけだったころがウソみたいに、先輩を近くに感じられる。

「私も手紙をもらうのは初めてで、本当にすごくうれしかったです」

「俺も。わざわざ届けてくれて本当にありがとね」

それからしばらくのあいだ、私たちは無言で窓の外をながめた。

少し高い所から見える道路や歩いている人たち、マンションやビルの看板、そして海。

次々とうつりかわる景色も見慣れたものになっているけど、先輩と一緒に見ていると思ったら、そんな景色も少しちがって見える気がした。

「そういえばさ、女子って練習試合とかあるの?」

ドアにあずけていた体を起こし、先輩が聞いてきた。

「練習試合……は、えっと、聞いていないので、今のところないと思います」

「そっか。男子はもうすぐ練習試合があるんだ」

「そうなんですね。いつ……ですか?」

「今週の日曜だよ。午後だから、たぶん女子の練習のあとじゃないかな?」

練習のあとということは、そのまま残って見ることも可能なのかもしれない。

先輩の練習試合、できることなら見たいな……。

「先輩はすごくバスケ上手だし、練習試合もきっと大活躍ですね」

「ありがとう、そう言ってもらえてうれしい。じつは今度の練習試合の相手は、俺の行きたい大学のチームなんだ。コーチ同士のつながりでお願いしたみたいで。勝つのは難しいかもしれないけど、スポーツ推薦（すいせん）をねらってるから今度の練習試合はけっこう大事なんだ」

外を見ている先輩は、眩（まぶ）しそうに目を細めながらつづけて言った。

「行きたい大学に行ってもっとバスケをがんばって、いつか日本を代表するような選手になれたらいいなって。大きすぎるけど、それが俺の夢だから……」

その言葉がとてもかっこよくて、先輩の夢を私も応援したいと心から思った。

バスケをしているときの先輩はすごく真剣で、だけどとても楽しそうで、そんな姿を見るのが私は好きだったから。

「せ、先輩なら、きっと……叶うと思います。本当にバスケが好きなのが伝わってきますし、本当にがんばっているので……」

「ありがとう。でも……」

なにかを言いかけて言葉をとめた先輩は、唇のはしを少しだけあげた。

また二人のあいだに沈黙が訪れ、私はなにか変なことを言ってしまったのではないかと不安になる。

叶うなんて、簡単に口にしちゃいけなかったのかもしれない。私みたいなのがえらそうに言っちゃって……。

「相沢(あいざわ)さんも、本当にがんばってるよね」

「えっ？　あ、いえ、私なんて……」

「中学のころから一生懸命練習してるの知ってるし、相沢さんはがんばってるよ」

太陽のような笑顔が私の目に飛びこんできて、それにあわせるように、私も微笑んだ。

「はい。ありがとうございます」

先輩と話せるようになってから、私は何回「ありがとう」という言葉を言っただろうか。

でも、先輩がくれる言葉の一つ一つが本当にうれしくて、どれも宝物で、だから何度だってありがとうを伝えたくなる。

混雑しているはずの車内だけど、二人だけの空間ができあがったような気持ちになる。

なんて思っているのは私だけだろうけど、それでも幸せなことに変わりはない。

先輩を見あげると、ちょうど電車が駅に到着した。

おりようとしたとき、先輩がとつぜん立ちどまった。

そのままうつむいた先輩は、目をギュッとつむって唇をかんでいる。

「あの、あの先輩、どうし……」

「ごめんね、ちょっと目眩しちゃって」

そう言って先輩は、ゆっくり顔をあげた。

大丈夫だろうかと心配になったけど、先輩はすでにいつもの表情にもどっていた。

先輩と一緒に電車をおりると、ホームには同じ制服を着た生徒がたくさんいる。

遠慮がちに先輩の少しうしろを歩いていると、友達らしき人が先輩に声をかけてきた。

「叶多、お～っす」

だから私は、先輩からはなれるように少しずつ速度を落として歩く。

そのうちに、ほかにも何人かの人が本城先輩に声をかけているのが見えた。

みんな笑顔をうかべていて、先輩も笑っている。

本城先輩は、まわりの人を笑顔にする魔法かなにかを使えるのかもしれない。そんなふうに思っている私自身も、自然と微笑んでしまっていた。

たった七駅だけの、私にとってとてもとくべつで大切な時間。

先輩と一緒に電車に乗って話もできて、絶対に忘れられない奇跡の朝になった。

8　また明日

午前の練習が終わると、私と沙月(さつき)はあらかじめコンビニで買っておいたおにぎりとサンドイッチを教室で食べた。

だれもいない日曜の教室は校庭からわずかにサッカー部の声が聞こえるだけで、ふだんとはまるで別世界かのように静かだ。

「はぁ……」

「ゆめがため息つくの、今日だけで何回目？」

「あ、ごめん」

無意識に出てしまうため息の原因は、本城(ほんじょう)先輩だった。

先輩はカゼで学校を二日間休み、さらには昨日の土曜日も部活の練習に来ていなかった。カゼなんてだれでもひくし、めずらしいことでもなんでもないけど、先輩のいない日々はまるで心に穴があいたようにさみしく感じた。

それに今日は男バスの練習試合。

がんばると言っていた先輩がカゼで来られないとしたら、きっとくやしいと思う。

「ちなみにさっきトイレ行ったとき、新田(にった)先輩に会ったんだけどさ」

「新田先輩に？　そ、それで、あの……先輩は」

沙月の言葉を待っている私を見て、沙月はニヤッと口元をゆるめた。

「本城先輩、今日来るって」

「えっ？　本当に？　来るの？」

思わず立ちあがった私を見て、沙月はクスクスと笑った。

「ゆめって本当にわかりやすいよね。先輩が休みだと元気ないし、来るってわかったらとたんに表情が明るくなるんだもん」

「えっ、そ……そうかな」

「そうだよー。今朝なんて、おはようのひと言がもうこの世の終わりみたいだったし」

自分ではそんなつもりはなかったけど、沙月にあらためてそう言われてしまうとなんだかはずかしい。

「まーでも、好きな人がいるときってだれでもそうなんだろうね。好きな人に会えただけでうれしいし、会えないと落ちこむし。それに彼女ができたらどうしようって常に不安だし」

「やっぱり、そういうものなのかな？」

先輩に好きな人がいると知った日のことを思い出し、沙月にそう聞いた。

「そりゃそうでしょ。人を好きになるってそういうことなんじゃないの？」

「そっか、そうだよね」

本当にそのとおりだと言わんばかりに、沙月の言葉に私は何度もうなずいた。

午後からの男子の練習試合は十三時からなので、お昼を食べ終わった私たちは少し休憩をしてから十二時四十五分に体育館へむかった。

体育館の外からでも、男バスの声やボールの音がよく聞こえてくる。

「今日の試合、だれが出るんだろうね。いつものレギュラーがスタメンなら、新田先輩と本城先輩も出るだろうけど」

「うん。二人ともきっと出るよ」

病みあがりで心配だけど、先輩がバスケをしている姿を久しぶりにゆっくり見られるかもしれないと思うと、楽しみでしかたがない。

二人で体育館の中をそっとのぞきこむと、広い体育館を半分ずつにわけてそれぞれのチームが練習をしていた。

体育館にはカーテンの開け閉めをするため、二階にせまい通路が設けられている。

客席はないけど上からだとよく見えるし邪魔にならないので、私たちは舞台裏から二階へあがった。

するとそこには制服を着ている何人かの生徒がいて、反対側の二階には女バスの先輩もいた。みんな見学に来たのだろう。

中央付近まで移動した私たち。沙月は窓に背中をつけてその場に座り、私は手すりによりかかりながら練習中の男バスを見つめた。

ゴールにむかってシュート練習をしている部員たち。私の視線は、スリーポイントトラインに立っている本城先輩に釘づけになった。

真ん中よりも右に少しずれた位置に立っている先輩は、ダンダンとボールを数回ついたあと、シュートの体勢に入った。

膝を軽くまげて放ったボールは、フワッとゴールにむかったけれど、ネットをゆらす前にリングに当たり、「ガンッ」と音を立ててはじかれた。

思わず「あっ」と小さな声をもらしてしまった私。

ボールを拾いに行った先輩は、くやしそうな目つきで眉間にしわをよせている。

その後先輩はベンチに座り、ほかの部員もシュート練習を終えてベンチに集まった。

十三時になると、沙月も立ちあがって私と同じように手すりによりかかる。

予想通り、本城先輩も新田先輩も、スタメンで出場するようだった。

試合開始のホイッスルが鳴ると、ベンチやコート内のかけ声が体育館にこだまする。

見守る私の手にも、自然と力が入った。

本城先輩のポジションは、中学のころと変わらずポイントガード。

チームの司令塔と言ってもいいポジション。

コート全体を見わたしながら速いパスを出し、シュートにつなげていく。

出だしはかなりいい感じだ。

チームメイトがシュートしたボールはリングにはじかれたが、新田先輩がリバウンドをとり、本城先輩にパスをした。

本城先輩がそのままシュートをしたとき、当たりの強い相手のディフェンスに先輩が倒されてしまった。

その瞬間、私は手すりから飛び出しそうな勢いで前のめりになる。

「先輩……」

ゆっくりと立ちあがった先輩は、相手のファウルによりフリースローを打つことになった。

「今のファウルはひどいね」

「うん。でも先輩は中学のときからフリースロー得意だったから」

沙月にそう言うと、フリースローラインに立った先輩がボールを放った。

けれどそのボールはリングに邪魔をされてしまい、ふたたび新田先輩がリバウンドをとってそのままシュート。

先輩がフリースローをはずすなんてめずらしいけど、先輩だってそんなときもある。

私が気にしたってしかたがないんだから、とにかく試合を見ながら心の中で精一杯応援しよう。

先輩を応援することと自分の今後のプレーに活かせるように、試合全体をしっかり見ていようと思った。

だけどすぐに、私の視線はボールのゆくえを追うよりも、本城先輩に釘づけになった。

それは、好きだからとかそういうことじゃない。

味方がシュートを決めて歓声があがるなか、私の視線の先にいる先輩は膝に手をつき、前かがみになってその場にとまっていた。

つかれたのかと思ったけど、まだ始まって五分がたったばかりだからそれはありえない。

つかれを知らないいんじゃないかと思うくらいだれよりも声を出して、だれよりも速く動いて、コート全体を冷静に見わたすことができる。

私の知っている本城先輩は、そういう人だから。

ずっと見てきた私だからこそ、わかる。

今日の先輩は、なにかがおかしかった。

前があいていてもドリブルをすることなくすぐにパスをして、仲間との意思疎通もあまりうまくいっていないように思えた。

「叶多！　もっと集中しろよ！」

新田先輩の言葉にも、本城先輩は返事をしなかった。

「今の、新田先輩が四番マークするように言ったのに、本城先輩行かなかったね……」

沙月の言葉が頭の中に入ってくると、不安な気持ちが胃をかたくしめつけてくる。

ボールを持っている本城先輩の表情が、とてもけわしかった。

肩で息をして、足もあまり動いていない。

今まで見たことのない本城先輩の姿に、根拠のない不安が心に重くのしかかってくる。

どうして……。

もしかしたら、まだカゼが完全に治ったというわけではなかったのかもしれない。

まじめな先輩だからこそ、試合に出たいという気持ちとまわりに迷惑をかけたくないという気持ちがムリをさせているのかも。

「がんばって」と叫びたくても叫べない私は、ただひたすら先輩を見つめつづけた。

苦しそうにゆがめていた表情が、しだいにうつろになっているような気がして、私はベンチに視線をむけた。

不安で心配で、今すぐかけだしたい気持ちになった。だけどそんなことはできるはずもなく、なにもできない自分に腹が立った。

スポーツ推薦をねらっている先輩にとって、この練習試合は大事だって言っていたのに……。

「本城先輩……」

今ここで大声を出したら、ベンチにいる人たちに聞こえるだろうか。

明らかに様子がおかしい先輩のことを伝えたら……。

手すりの上にのせた両手をくみ、祈るように先輩を見つめた。

だれか……お願い、先輩が苦しんでいることに気づいて。お願い……。

「本城先輩、もう交代したほうがいいかもね」

次の瞬間、沙月の言葉を聞いていたかのように本城先輩は交代になった。

本城先輩は頭にタオルをのせ、うなだれるように前かがみになってベンチに座っている。

ここからじゃ先輩のうしろ姿しか見えないけど、ベンチにさがった先輩もいつもとはちがっていた。

たとえベンチにいたって、先輩はコートの中にいるチームメイトにむかって声を出していた。あんなふうにタオルで顔をかくしていたら、試合が見えないはずなのに……。

「大丈夫だよ、ゆめ。ちょっと体調悪かったんじゃないかな？　病みあがりだし」

泣きそうになっている私を安心させるために、沙月がそう言ってくれた。


ぜんぶで三試合行ったけど、先輩はあれから一度もコートに立っていない。

当然心配だったけど、三試合目からはベンチにいる先輩の声が少し聞こえたし、ハーフタイムでは先輩の笑顔も見ることができた。

きっとカゼが治れば、また調子もよくなるはず。

そう、自分に言い聞かせた。

「駅前のファミレスでいっか」

「うん、いいよ」

練習試合が終わり体育館をあとにした私たちは、このまま駅前のファミレスに行くことにした。

門の前につくと、沙月がそこで足をとめる。

「どうしたの？」

動きださない沙月を見て首をかしげると、沙月は私の目を見てニヤッとあやしい笑みをうかべた。

「えっ、なに？」

「じつはほかにも誘ったの。だからちょっと待って」

「ほかにも？」

不思議に思いながら校舎のほうをふりむいた。

すると、こちらにむかって歩いてくる二人の姿が目に入り、まさかと心臓が轟く。

「沙月、待って、ほかにもって……」

いたずらっ子のような微笑をうかべたまま、沙月はうれしそうにうなずいた。

「悪い、待たせて」

手をふりながら近づいてきた新田先輩、そのうしろには本城先輩がいる。

これはどういう状況なのかと一瞬混乱したけど、つまり……沙月は新田先輩と本城先輩を誘ったということ。

てことは……四人でこれからファミレスに？

ようやくすべてを把握した私は、だまされたと言わんばかりに沙月の腕を軽くたたいた。

先輩と一緒に帰ったり朝電車に乗ったりはしたけど、ファミレスに行って話をするなんて、心の準備がおいつかない。

「ファミレスだろ？　じゃーさっさと行こうぜ」

新田先輩がそう言い、私たちは駅前のファミレスにむかった。

六月も中旬になると夏の気配はもうすぐそこ。

天気がいい日はこうして歩いているだけで汗がにじみだす季節だけど、今の私の汗は暑いからなのか緊張からなのかわからない。

先輩のうしろを沙月と二人で歩いていると、目の前にいる本城先輩のことが気になって落ちつかなかった。

練習試合のときはすごくつらそうだったし、大丈夫なんだろうか。

そう思っていると、本城先輩がとなりにいる新田先輩のほうをむいて笑った。ふと見せた先輩の笑顔に、胸をホッとなでおろす。

笑っているということは、きっと大丈夫なんだ。

「あー、動いたらまじ腹へった」

ファミレスにつくと、がまんできないといった様子で店内へ入った新田先輩は、店員さんに案内された席に一番に座った。

新田先輩は窓際の席のむかって右側の奥、そのとなりに沙月が座った。

ということは、私は……。となりに本城先輩が座るんだと思うだけで緊張してしまう。

「ごめん、相沢さん」

むかって左側の奥に座ろうとしたところで、本城先輩が口を開いた。

「ごめん、俺となりに壁がないと落ちつかなくて」

そういえば前に一緒に帰ったときも、こっちじゃなきゃダメだと言って私の左側に移動したことを思い出す。もちろん私は、奥の席をゆずった。

比較的安価なファミレスだからか、新田先輩はハンバーグセットにさらに山盛りポテトと唐揚げをたのんでいた。

運動のあとだからよけいにお腹がすいているのだろうけれど、すごい量だ。

私と沙月はパフェを、本城先輩はドリンクバーを注文した。

「本城先輩は食べないんですか?」

「あぁ、俺はそこまでお腹すいてないから」

沙月の言葉に答えた本城先輩の顔は、いつも通りのやさしい笑顔。やっぱり、私が深刻に考えすぎていたんだ。

食べ物が運ばれてきてからは、ほぼ無言で食べはじめる。特に新田先輩の食べるスピードはとても速かった。

「今日の試合、どうだった?」

　あっという間にハンバーグを食べ終えた新田先輩が、ポテトをつまみながらとなりにいる沙月に聞いた。

「そうですねー、三試合目が一番よかったと思いますよ。でも相手のディフェンスがけっこうしつこかったですよね。途中からオールコートのマンツーになったし」

「だな。体力には自信がある俺も、けっこうクタクタだったしな」

「あと新田先輩は、もう少し外からのシュートも練習したほうがいいと思います」

「おー、言うねー。飯島（いいじま）がコーチだったらマジでこわそう」

「どういう意味ですか?」

　前よりさらに仲良くなっている二人のやりとりを聞きながらパフェを食べおえた私は、ふと左に視線をむけた。

　先輩が入れたドリンクはあまりへっていない。

「そーいえば、新田先輩って彼女いるんですか?」

　唐突に沙月がそんなことを言うもんだから、私は飲んでいたジュースをふきだしそうになった。

「彼女？　いるって言いたいところだけど、いないよ。なに、気になっちゃう感じ？」

「いえ、べつに」

冷静に沙月が返すと、新田先輩は「なんだよー」と言って笑った。

「ちなみに叶多もいないからな」

新田先輩の言葉にチラッと横を見ると本城先輩と目があってしまったので、すぐさまそらした。

「あぁ。俺も、いないよ」

彼女はいない。だけど、先輩には……。

「でも、す……好きな人は、いるんですよね？」

遠慮気味にそう言うと、先輩は私を見て首をひねった。

「好きな人？」

キョトンとした表情で私を見つめる先輩。

先輩は私と話したことを忘れてしまったんだろうか。

「あの、前に廊下で会ったとき……その、好きな人がいるのか聞いたら先輩は、いるって……」

本城先輩は腕をくんで視線をあげたあと、パッと目を見開いた。

「あー！　もしかしてあのときの！」

　思い出したんだ。そう、先輩はハッキリいるって言った。

　その好きな人はきっと、マネージャーの里奈先輩なんじゃないかって……。

「好きな人って……あー、そういうことか」

　ポンと手をたたき、先輩はなぜか私を見て微笑んだ。

「ごめん、俺の聞きまちがいだったみたい」

「……えっ？」

「相沢さんが言った言葉、じつはちょっとよく聞こえなくてさ、好きな選手がいるのかって聞かれたと思ったんだ」

「えっと……好きな選手？」

　なにがなんだかよくわからなくて、私の頭の中にはクエスチョンマークが飛びかっている。

「そう。ちょうどバスケのＤＶＤの話もしてたし。だから俺は自分の好きなバスケの選手の名前を言おうとしたんだけど、昔有名だった選手だから相沢さんは知らないかもって思って」

「好きな……選手」

ということは、先輩は……。

「好きな人なら、今はとくに……」

本城先輩がそう言うと、新田先輩と沙月は私のかんちがいに爆笑している。

はずかしくて、穴があったら入りたいというのはこういうことだ。

じゃー私は先輩に好きな人がいると思って、勝手にかんちがいして落ちこんでたってこと？

もー、私はなんてバカなんだ！

だけど、かんちがいでよかった。実らない恋だと思っていたけど、可能性はゼロじゃなくなった。

その事実に、私の心はおおげさなくらいホッとしていた。

「じゃーけっきょく二人とも彼女はいないんですね。まぁ、私たちもいませんけど。ていうか、次のテストが終わったらいよいよ夏休みだねー」

「あ、うん」

まだ動揺しているけど、私は沙月の言葉にうなずいた。

夏休みはきっと部活ざんまいになると思うけど、私はそのほうがうれしい。

大好きなバスケができるし、夏休みでも先輩に会えるから。

「夏は合宿もあるしな」

「合宿って、男女一緒なんですか？」

沙月が聞くと、新田先輩は腕をくみながら考えるように視線をあげた。

「去年はたしか、同じ合宿所で体育館も同じだったような……だよな？　叶多」

新田先輩が私のとなりに視線をうつした。

私も沙月も本城先輩のほうをむいたけど、本城先輩はなにも答えず、テーブルの上をジッと見つめていた。

私たちのまわりだけが一瞬の静寂(せいじゃく)につつまれた。

さっきまで気にならなかったはずの食器があたる音や話し声が、うるさいくらいあたりにひびく。

「叶多？」

もう一度新田先輩が声をかけたけど、反応しなかった。

「ほ、本城先輩」

先輩の腕を軽くたたきながら私が声をかけると、本城先輩はハッとして顔をあげた。

そしてようやく私たちの視線に気づく。

「あっ、悪い。ぜんぜん聞いてなかった」

頭をかきながら、はずかしそうに笑顔をうかべた本城先輩。

なにか考えごとをしていたのかもしれない。

今日の試合で調子が悪かったこととか、自分なりに反省して考えていたのかも。

だれだって、そういうときはある。

私なんてしょっちゅうだ。考えごとをしていたらそれだけに集中してしまって、ほかのことはなにも考えられなくなるときとか。

「聞いてなかったのかよー。俺今めっちゃいい話してたんだけど」

「え？　どこがですか？　ウソはよくないですよ先輩」

ふざけた様子で新田先輩がそう言うと、沙月がすかさずつっこんだ。

二人を見ながら、本城先輩は笑っている。

「ていうかさ、せっかくだからＬＩＮＥ（ライン）でも交換しない？」

新田先輩が唐突にそう言うと、沙月が「いいですねー」と言ってカバンからスマホを出した。

その様子を見ながらチラッと左側に視線をうつすと、先輩もカバンからスマホを出している。

つまり、これって……先輩とＬＩＮＥを交換するっていうことなんだろうか。

「ほらゆめ、なにやってんの？　早く」

もたもたしている私を見て、沙月が言った。

そんなことを言われても、心の準備ができていない。

それに、本城先輩は私とLINE交換なんかして迷惑じゃないのかな。

「相沢さん、LINEやってないの？」

うつむいている私を見て、先輩がそう聞いてきた。

「いえ、やってますけど……」

「もしいやだったら遠慮なく言ってくれていいから」

「い、いやなんかじゃないです！」

思わず素っ頓狂な声を出してしまい、自分の口を両手でふさいだ。

いやなわけない。でも、先輩とLINEを交換できるなんてまるで夢みたいで……。

思わず自分の頬を軽くつねってみた。

「どうした？」

先輩に顔をのぞきこまれた私は、ボッと火がついたかのように顔が熱くなる。

「えっと、なんていうか、これって夢じゃないのかなって思いまして……」

前を見ると、沙月と新田先輩は肩をゆらして笑いをこらえていて、恐るおそる左を見ると、先輩はフッと微笑んだ。

「なにそれ、相沢さんっておもしろいね」

「いや、そんな……」

おもしろいことを言ったつもりは微塵もなくて、本当に真剣に夢かもしれないって思っている。だって、ほんの数カ月前まではあいさつさえできなかったのに。

「じゃー交換ね」

新田先輩がそう言ってスマホを前に出すと、沙月と本城先輩もスマホをさしだした。

私もあわててスマホを出し、本城先輩や新田先輩とＩＤを交換した。

友達リストの中に【叶多】という名前を見つけた私は、うれしくて泣きたくなった。

「よし、んじゃー夏休みになったら四人で花火大会とか行っちゃう?」

新田先輩がふいにそんなことを言いだした。

花火大会か……。本当に四人で行けたら、どんなにうれしいだろう。

「べつにいいですけど、それまでに彼氏彼女ができちゃったらムリですよねー」

「なんだよ、飯島はそんな予定あんのか?」

「今のところはないですけど、もしもですよ。ね、本城先輩」

沙月が本城先輩に話をふった。

先輩がなんて答えるのか気になって、不安になる。

「うーん、俺はみんなで花火大会いきたいかな。あとは、夏祭りとか」

花火大会に、夏祭り。沙月が新田先輩と仲がいいおかげで四人でそんな時間がすごせるなんて、絶対楽しいに決まっている。

だけど……本城先輩と二人で行けたら。そんな夢みたいなことを想像するだけで、私の心は幸せな気持ちでいっぱいになった。


その後他愛(たあい)のない話をしながら楽しい時間はあっという間にすぎていき、一時間ほどファミレスですごした私たちは、お店を出て駅にむかった。

高校入学と同時に引っ越したらしく、新田先輩だけが反対のホームだったので駅で別れ、私たち三人は一緒に電車に乗りこんだ。

私と沙月はテストの話や好きなドラマの話などをしていたけど、本城先輩はずっと窓の外を見つめたまま、会話には入ってこなかった。

だんだんとオレンジ色にかわりはじめた窓の外にはとくべつな景色なんてなにもないけど、先輩の視線はとまったたまま。

なんとなく話しかけてはいけないような気持ちになったので、あえて私たちは先輩に話をふらなかった。

「じゃーゆめ、バイバイ。本城先輩も、おつかれさまでした」

沙月がおりる駅につくと、それに気がついた本城先輩は「おつかれさま」と言って沙月に手をふった。

二人になった電車の中、もう何度もこういう場面は経験しているのに、今日はいつもより落ちつかない。

心臓は音を鳴らしているけど、緊張からくるドキドキとは少しちがう。

ふと先輩のほうを見ると、先輩の目はまた窓の外にむいていた。

私がうまく話せないのはいつものことだけど、こんなふうにだまったままの先輩は初めてだった。

駅につき改札を出ると、「行こうか」とようやく声をかけてくれたので、私は「はい」と答える。

まっすぐつづく道の先を見つめながら、私は先輩の右側をならんで歩いた。

生ぬるい潮風をうけながら歩いていると、海岸からは楽しそうな笑い声が聞こえてくる。

先輩を好きになったあの日も、私はこうして笑っていたんだ。

「あ……あの、先輩」

遠慮がちに声をかけて先輩をチラッと見あげたけど、先輩は前をむいたままだった。

「せ、先輩！」

力が入ってしまい、やさしい波の音とともに私の甲高い声がひびく。

先輩はその声におどろいて私に視線をむけた。

「どうしたの？」

「あの、先輩、体調は大丈夫ですか？」

「体調？　あぁ、うん。ごめんね心配かけて。もう大丈夫だよ」

太陽を背にして笑顔を見せてくれた。

目尻をさげた先輩の顔を見て、私は安堵する。

いつも先輩からの言葉を待っているだけだったけど、今日は自分から話しかける。

電車をおりたときにそう決めていた私は、軽く深呼吸をして口を開いた。

「先輩は……きょ……」

「ん？　なに？」

「先輩、兄弟とか、いるんでしょうか？」

今聞かなければいけないことでもないし、盛りあがりそうな話でもないけど、精一杯頭を回転させて出た言葉がこれだった。

「兄弟はいないよ。相沢さんは？」

「私は、弟が……」

「へー、弟か。いいね」

「いいえ、小六なんですけど、最近すごく生意気で……こまります」

先輩が一人っ子だということを知られて、私に弟がいることを知ってもらえた。これだけでもうれしい。

「でも俺からしたらうらやましいよ。俺、親とちょっとうまくいってなくて。だからそういうときに一人じゃなかったらもっと気持ちもちがったんだろうなって思ってさ」

先輩が……？

私はやっぱり先輩のことをなにも知らなかったんだ。

いつも明るい先輩だから家族ともすごく仲がいいんだろうなって、勝手に想像していたから。

「そ、そうなんですね。どう……」

どうしてうまくいってないんですか？　と言おうとした言葉を、飲みこんだ。

いくら前より話せるようになったとはいえ、先輩にとって私はただの後輩。

ふみこんでいいことと悪いことがある。

「両親がもめてて……」

うつむいたまま次の言葉をさがしていると、先輩は自分から家のことを話しはじめた。

それにおどろいた私は顔をあげる。

海のほうを見つめている先輩は、今まで見たことのないどこかかげりのある表情をうかべていた。

さみしそうな遠い目をしている先輩を見ていたら、なぜだかわからないけど胸が苦しくなった。

「って、ごめん。こんな話興味ないよね」

私に視線をうつした先輩は、すぐにいつもの笑顔を見せてくれた。

「そんなことないです。興味なくなんてないので、私……」

「べつにたいしたことじゃないんだ。まー家の中で色々あると、ストレスとかもたまったりするから、ちょっとつかれちゃってね」

「そう……だったんですね」

「だからさ、学校っていうか、バスケやってるときがよけいに楽しいんだよね。大好きなバスケをやってるあいだは、バスケのことだけ考えていればいいし」

先輩の言葉に共感した私は、首を痛めるのではないかと思うくらい何度も深くうなずく。

「それに俺、勉強も正直言ってできるほうじゃないから」

子供のような無邪気な笑顔をむけられた私は、おどろいて目を見開く。

「先輩、勉強苦手……なんですか？」

「うん、そうだよ。なんとか高校は希望通り入れたけど、もう必死だったし。受験勉強のことは思い出したくないかな」

冗談ぽく笑って言った先輩。私も、先輩と同じ高校に入るため死に物ぐるいで勉強した。

ずっと遠い存在で、私とはちがう場所にいると思っていた先輩。もちろん、今も同じ場所にいるとは思っていない。

でも、先輩と私の距離は、天と地……ほどは、はなれていないのかもしれない。

「わ、私もです……」

「ん？　なに？」

聞こえなかったのか、ぐっと顔を近づけてきた先輩に動揺しながらも、私は目をそらさずに先輩を見あげた。

「私も先輩と同じで、受験は大変でした。でも……大変でしたけど、がんばって……よかったです」

がんばってがんばって、先輩と同じ高校に入れてよかったと、心からそう思う。

「俺も、がんばってこの高校に入れてよかったなって思うよ」

一瞬さみしそうに見えた表情がウソのように、やさしくておだやかな笑顔。

そんな先輩を見ているだけで、私は勇気をもらえる。

「先輩、私……あの、先輩と話せるようになってから、少しずつ自分を好きになれている気がして。すみません、なにが言いたいかというと、えっと……部活でも、今までは大きな声とか出せなかったんです」

だんだんと、自分がなにを言いたいのかわからなくなってきた。

どうしよう、うまく言えない。

「えっと……小学生のときに、声のことでからかわれてから、声を出すのがこわくなって。自分の声が、大キライになって。でも、少しずつ出せるようになって……それで」

「俺さ、いいと思うよ、本当に」

「えっ？」

とつぜんの言葉に、おさえきれないほど胸の鼓動が高鳴る。

「相沢さんの声、いいと思う」

聞きまちがいかと思ったけど、まちがいではないということを、ドキドキとはずむ心臓が伝えてくる。

先輩は、あのときと同じようなことを言ってくれた。

真っ暗だった私の心に光を差してくれた、あの言葉。

「ありがとうございます……」

泣きそうになっている顔を見られないようにと、私はそのまま自分の足元をジッと見つめた。

ゆっくりと歩いていたはずなのに、気づけばいつものコンビニの前についていた。

「私、こっちなので」

「うん。じゃー、テスト勉強がんばってね」

むかいあった私たちは、たがいに視線をあわせた。

「はい。あの、先輩。ありがとうございます」

私の言葉に、本城先輩はわずかな笑みをうかべる。

「じゃー、また……明日ね」

「はい、また明日」

私は右手で目にたまった涙をぬぐい、しばらくのあいだ先輩の背中を見つめつづけた。

先輩がいてくれるだけで、私はがんばれるんだ。勇気を出せる。

この声も、少しだけ好きになれた気がする。

彼女になれなかったとしても、本城先輩の夢が叶うところをこの目で見てみたい。

本城先輩の夢が現実になるように、ずっとずっと応援していたい。

それが、今この瞬間に生まれた私の夢だから、私が今やれることを精一杯やっていこう。

自分を変えていこう。


そう思っていたのに……。

『また明日』

その言葉を最後に、先輩は学校に来なくなった。

9　きみのいない時間

明日のことなんて、だれにもわからない。

幸せいっぱいだったはずの心に、とつぜん大きな穴があくことだってある。

進んでいく時間のなかでは楽しいことばかりではないし苦しいことも当然あるけど、今の私の心は……穴だらけだ。

もうあく場所がない心に、さみしさや不安が冷たくふきつけてくる。

テスト最終日の今日、明日からしばらくテスト休みで授業はなく、思う存分部活ができるのに、ちっともうれしくない。

問題をすべて解き終わった私は、見直しをすることなく窓の外に視線をむけた。

朝は曇(くも)り空だったのに、最後のテストが始まってからとつぜん降りだした雨。

窓ガラスがわれてしまうのではないかと思うほどの音を鳴らし、激しく降りつづける。

電気がついているのに、空の暗雲のせいで薄暗く感じる教室。

ため息をつき机に顔をふせ、時間がすぎるのを待った。

テストが終わりカバンの中にペンケースを入れていると、机の前に人影があらわれる。

「ゆめ……大丈夫？」

心配そうに声をかけてきた沙月に、私は笑顔をむけた。

たぶん、とても下手くそな笑顔を。

「じゃないよね……」

「大丈夫だよ。ごめんね、心配かけちゃって」

立ちあがって沙月を見つめ、今度はもう少し上手に笑ってみせた。

「ゆめ、あのさ……私の前ではムリして笑わなくていいよ」

「……うん」

「ミーティングは行ける？」

「行くよ、もちろん」

今日は、夏の合宿にむけてのミーティングが男女合同で行われる。あれだけ楽しみにしていた合宿も、どこか他人事のような気がしてならない。

沙月や穂香にも心配をかけてしまっていた。

日に日に落ちこんでいく自分をどうにかごまかそうと普段通りにしていたつもりだけど、沙月と穂香には通用しなかった。

教室を出ると、テストが終わったからか、廊下を歩く生徒たちはみんなどこかうかれている様子だった。

あたりにひびく楽しそうな声が、よけいに私の心を沈ませる。

ミーティングを行う二年六組の教室にむかいながら、私は自分のスマホを確認した。

私が本城先輩に送ったＬＩＮＥが、未読のまま連なっている。

最後に送ったのは、昨日の夜だった。

先輩が学校を休んで、もう二週間になる。

体調不良で休んでいるって聞いているけど、それが本当なら早く治るように祈ることしかできない。

でも私は、先輩が休んでいる理由はほかにあるんじゃないかと感じていた。

体調が悪いだけなら部活の仲間や友達とＬＩＮＥで連絡をとることもできるはずなのに、新田先輩や男バスの部員、当然私が連絡しても、だれも本城先輩から返事をもらった人はいないという話を新田先輩から聞いた。

電話は留守電になってしまい、メールやＬＩＮＥの返信もなし。クラスメイトが家に行っても、会えなかったらしい。

二年六組につくと、新田先輩が一人で窓際の席に座っていた。

「よー。みんなが集まるまで好きな席に座って待ってて」

新田先輩にそう言われ、廊下側の席の一番前に沙月が座り、そのうしろに私が座った。

本城先輩は、今なにを思っているんだろう……。

もしなにかに苦しんでいたり、つらい思いをしていたら、私は……。

「相沢（あいざわ）さん、大丈夫？」

おどろいて顔をあげると、新田先輩が私を見おろしていた。

「心配になる気持ちはわかるし、こんな俺でも叶多（かなた）は友達だから一応心配してる。でも落ちこんでたってしかたないよ。叶多のことは相沢さんもよく知ってるんじゃない？　大丈夫だよ。そのうちきっとあいつから連絡くれるって」

「新田先輩もたまにはいいこと言うじゃん」

「たまにはってなんだよ」

新田先輩と沙月の会話に、私は少しだけ唇に笑みをうかべた。

私も最初は、新田先輩と同じことを思っていた。

でも、だからこそおかしすぎるし、違和感しかない。

先生に聞いても言葉をにごすだけでくわしいことは話してくれなかったみたいだから、言わないでほしいと言われているのかもしれない。

どうして？　私たちに知られたくないなにかがあるから？

いやなことを想像するとそれが本当になってしまいそうだから、できるだけマイナスな想像はしないようにと思っていたけど、もう自分の気持ちはごまかせないところまできていた。


しばらくして部員が集まり、男バスの顧問の先生と男女のキャプテンが前に立つ。

「それじゃー合宿についてのミーティングを始めます」

夏休みの練習について男女それぞれのキャプテンから話があり、その後夏合宿の説明を先生がした。

正直、私の頭の中には今日の話は半分も入ってこなかった。部活を真剣にやっているのにこんなことではダメだとわかっていても、どうしても先輩のことがうかんでしまう。

「なにか質問はあるか？」

先生がぐるりと教室を見まわす。

だれも手をあげていないことを確認すると、軽くうなずいた。

部員は無言のまま、けれどなにか言いたげに先生を見つめている。

それは、私も同じだった。

「じゃーこれでミーティングは終わりだけど……」

「先生。合宿のことじゃないけど、聞きたいことがあります」

前に立っている男バスのキャプテンが口を開くと、全員の視線が集まった。

「本城は、どうしてるんですか？　なんで……」

先生はキャプテンの言葉をさえぎるように、片手をかるく前に出した。

「そのことなんだが……」

私は自分の胸に手をあてた。

どうしてかわからないけど、いやな予感が心臓のあたりにしのびよってくる。

いやだ、こわい……聞きたくない。

そんな思いが頭をかけめぐり全員が息をのむなか、先生が言葉をつづけた。

「本城は、バスケ部を……退部した」

えっ……退部……？

ウソ、そんなのなにかのまちがいだ。だって、先輩は……。

『いつか日本を代表するような選手になれたらいいなって』

先輩は私に、そう言ってくれたんだ。

呼吸が速くなり、息苦しさをおぼえる。

なんで、どうして……。

教室が騒然とするなか、私は立ちあがろうと机に手をついた。けれど私が立ちあがるより先に、新田先輩が椅子を鳴らして勢いよく立った。

「先生、もっとくわしく教えてくれませんか？　正直ぜんぜん納得できないし、理由もわからない。みんな混乱すると思います」

新田先輩は、これまで見たことがないほど深刻な顔をしていた。

私だけじゃない。きっとみんなも同じ気持ちなんだ。

「そうだな。じつはさっき本城が学校に来て」

「来たんですか⁉　あいつが学校に⁉」

思わず声をあらげた新田先輩。私も心の中で、同じことを叫んでいた。

「あぁ、退部届を持ってきた。ミーティングやるからみんなにあいさつしに行けと言ったんだが」

行かないと、先輩はそう言ったのだろう。

本城先輩の心の中にいったいなにが潜んでいるのかわからなくて、わかってあげられなくて、自分がなさけなかった。

私は机の上を見つめながら両腕を抱き、涙をこらえることに全力を注いだ。

「それでな、理由なんだが……」

私が顔をあげると、今度は先生が視線をさげた。そのしぐさに、不安が増す。

「理由は……ただ、辞めたいと、そういうことだ」

私は口を開いたまま、しばらく動けなかった。

大きな衝撃が心をおそう。けれどすぐに、それはウソだと感じた。

まじめでやさしくてバスケが大好きで、男女関係なくみんなにしたわれている先輩が、ただ辞めたいなんてそれが本当の理由なはずがない。

「ただ辞めたいって、そんなのないだろ！」

「信じられない、あの本城くんが？」

「どうなってんだよ」

みんなが口々に自分の考えを発していて、教室の中は軽いパニック状態でいっこうに静まらない。

「先生！」

すると今度は、目の前に座っている沙月が大声を出して立ちあがった。

「本当に、それが理由なんですか？　本城先輩は学校もずっと休んでるし、ほかになにか理由があるならちゃんと教えてください」

先生の答えを求めるかのように、教室が一気に静寂につつまれた。

聞きたいけれど聞きたくない、そんな複雑な思いに胸が苦しくなった。

「理由は、さっき言ったとおり……と言ってもお前らには通用しないだろうな。でも、理由は言えない。それは本人の希望だからだ」

先生はうつむくことなく、私たちにまっすぐ視線をむけた。

これ以上だれがなにを聞いても、きっと教えてはくれない。

私たちを見据える真剣な先生の表情が、それを物語っていた。

ミーティングが終わり教室を出ていく先輩たちにあいさつをしたあと、最後に沙月と一緒に廊下に出た私はそのまま自分の教室にむかう。

忘れ物をしたわけではないけれど、なんとなく教室にもどりたくなった。

だれもいない教室に入ると、さみしげな雨音だけが絶え間なく聞こえてくる。

自分の席を通りすぎ教室の一番うしろに行くと、そのまま窓際にむかった。

窓ガラスにそっと手を置くと、ガマンしていた涙が一気にあふれだす。

さみしさが心に重くのしかかり、とめどなく流れる涙。

ぬぐってもぬぐってもあふれてきて、息が苦しい。

あんなにバスケが好きだったのに、あんなにがんばっていたのに。

「ゆめ……」

沙月に名前を呼ばれてふりかえったけど、私はすぐにまた前をむき、両手でもう一度涙をぬぐった。

「大丈夫……なんて、聞いちゃダメだよね」

もう、大丈夫だとは言えない。

「私も正直おどろいてる。まさか本城先輩が部活を辞めるなんて考えてなかったから」

沙月の声が、うしろから聞こえてきた。

先輩がなんの理由もなしに辞めるなんて絶対ありえない。だから、きっと理由があるのだと思う。

体調不良でずっと学校を休んでいることがなにか関係しているのだろう。

でもそのことを考えるといいイメージがわかなくて、不安になるだけだから考えないようにしていた。

でも私は……私は、ずっと好きだった。中学のときから今も。

だからこそ……本当は気づいていた。

ときどき先輩の様子がおかしかったこと、今まで見たことのない表情をしていたこともあったし、練習試合のときは明らかにいつもの先輩とはちがっていた。

「私……」

様子がおかしかったのに、先輩がいつも通りの笑顔を見せてくれただけで勝手に安心していた。

あの日も、先輩と一緒に帰った日も、最後に微笑(ほほえ)んでくれたのは、懸命にいつも通りの本城先輩を私に見せていただけなのかもしれない。

本当は、心の中にとてつもない苦悩をかかえていたのかもしれないのに。

中学一年のときからあの笑顔をさがしていた私が、気づかないわけない。

でも気のせいだって、そう思うようにした。

本城先輩なら大丈夫だって、根拠のない勝手な結論を自分の中で導きだして、それで自分を安心させていた。

『また明日』って、そう言ってくれたから、明日になればまた会えると決めつけていた。

沙月に視線をむけた私の頭の中には、本城先輩がうかんでいた。

中学の卒業式の日、私のことなんて見えていないと思っていたのに、『がんばってね』と言って私の名前を呼んでくれた本城先輩を思い出したとたん、自分の体が勝手に動きだした。

「ゆめ！　どこ行くの⁉」

沙月の声は聞こえていたけど、私の足はとまらなかった。

廊下をかけぬけ靴をはき、校舎を飛びだした。

降りしきる雨の中、走りだす。

あんなに後悔したのに。

あんなに泣いたのに。

先輩がいつもとちがうって気づいていたのに、自分に都合のいいように解釈して。

私はなんのために、ずっと本城先輩を見てきたんだ！

自分の声がキライな私は、緊張してふるえてまわりの目が気になって声が出せなくて、いつも小さくなっていた。

でもそんな私に先輩は、私の声が好きだと言ってくれた。

私に光をくれた。それなのに、私は……。

雨と涙が混ざりあい、視界がにじむ。

駅につくとそのまま電車に乗りこんだ私は、カバンからタオルをとりだして頭をおおった。

涙をかくすようにうつむきながら、「早くついて」と祈る。

おりる駅に到着すると、私はまた走りだす。

濡(ぬ)れた制服のスカートが足にはりつき、肌には容赦(ようしゃ)なく雨が当たる。

でも私は、走りつづけた。

会いたい……。

会いたい……。

私はまず一番にあの海岸へむかったけど、そこにはだれもいない。

激しい雨と荒れた波の音だけがこだまする。

会ってどうするのか、なんて言うのかはわからない。

でも、ただ会いたいという気持ちだけが私をつき動かしていた。

海岸をはなれた私はコンビニを通りすぎ、そのまま本城先輩のマンションまで走った。

オートロックのためエントランスで立ちどまり、ふるえる指先で先輩の家のインターホンを鳴らした。

けれど、反応はなかった。

マンションから出たあともしばらくその場に立っていた。雨が槍のように私の体を突きさす。

激しい胸の痛みにたえながら、私はゆっくりと歩きだした。

大きな後悔と、まだまだ伝えきれていないたくさんの言葉が、涙という形で私の中からとめどなくあふれだす。

けっきょく私はまた、見ていただけでなにもできなかった。
大好きな人の力になれなくて、ただ……泣くことしかできない。

10　会いたい

家に帰ると、ずぶ濡れになっている私の姿におどろいたお母さんがあわてていた。

「傘忘れちゃって……」

顔を見られないようにうつむきながらそう言い、すぐにお風呂場へむかう。

シャワーのお湯と一緒にすべてを流してしまいたかったけど、どれだけ流しても涙はとまらなかった。

本城先輩がなにかをかかえていることはたしかなのに、自分にできることがなんなのかがわからない。

考えても悲しくなるだけで、いっこうに答えは見つからなかった。

お風呂場を出ると、洗濯機の上に置いていた制服はなくなっていた。

そのかわりに着がえがある。

「制服、クリーニング出さないとね」

リビングのほうからお母さんの声が聞こえてきた。

「あとで行ってくる」

返事をした私はそのまま自分の部屋に入り、たおれるようにしてベッドにうつぶせになる。

どうしよう。どうしたらいいんだろう。

本城先輩がなぜ部活を辞めたのか、その理由が知りたい。

もしなにか力になれることがあるなら、私は全力で本城先輩をささえたい。

けれどそんな機会もないまま、もし先輩が二度と学校に来なかったら……。

そう思うだけで、涙がとまらなくなる。

枕に顔を埋(うず)めたままかたまったようにジッとしていると、リビングからお母さんと弟の楽しそうな話し声が聞こえてきた。

本城先輩は今、ちゃんと笑えているんだろうか。

パッと顔をあげると、涙のあとが枕にしみている。

体を起こしカバンを持ちあげると、カバンの底からポタポタしずくがたれた。

あわててタオルをしいてそこにカバンをのせる。そしてカバンの内側のポケットからスマホをとりだした。

うすいピンク色の手帳型のカバーにつつまれているスマホは、防水機能がついているからか、こわれてはいない。
スマホを操作し、私は電話をかけた。
『もしもし』
「あっ、私。あの……」
『どうした？　なにかあった？』
声がふるえているからか、穂香は私の異変にすぐに気がついた。
『もしもし、ゆめ？　どうしたの？』
うまく言葉が出ない。スマホを持つ手がふるえて、息がつまる。
『ゆめ、大丈夫？　ゆっくりでいいからスーッて息を吸って、ゆっくり吐いて』
嗚咽の声をもらす私に、穂香が電話のむこうで深呼吸を始めた。
私はそれにあわせてゆっくりと呼吸をする。
気持ちが少し落ちついてきた私はもう一度深呼吸をし、そして潤んだ声をしぼりだす。
「わ、私……どうしたらいいか……。お願いっ、力を……貸してほしい」
スマホを持ったまま頭をさげると、膝の上に涙が落ちた。
少しの沈黙がつづいたあと、穂香の声が耳元にひびく。
『あたり前でしょ！　待ってて』

電話を切った私はすぐに洗面所にむかい、顔を洗った。

いつまでも泣いてばかりじゃダメだ。

しっかりしなきゃ。泣くだけならだれにでもできる。

本城先輩になにがあったのかを知るまでは、もう泣かない。絶対に。

鏡にうつるひどい顔の自分を見つめながら、そう決心した。


穂香が家にやってきたのは、それから三十分後だった。

玄関のドアをあけると、いつのまにか雨がやんでいたことに気づく。

「穂香、ありがとう」

ニコッと笑った穂香の顔を見て、はりつめていた心の糸がわずかにゆるんだ。

「麦茶（むぎちゃ）、どうぞ」

お母さんがコップに麦茶を入れてくれて、それを小さいテーブルに置いた。

「それで、なにがあったの？　私にはいまいち状況がつかめてないからくわしく教えて」

ベッドの前にあるテーブルをはさむように二人で座ると、穂香が口を開いた。

「あっ、そうだよね。ごめん」

穂香は本城先輩が退部したことを知らない。

私は今日のミーティングでの出来事や、気づいていた本城先輩の異変などを穂香に聞かせた。

説明がとても下手くそで、うまく言葉も出なくて時間がかかってしまったけど、穂香は真剣に聞いてくれていた。

話し終わったタイミングで家のインターホンが鳴ると、お母さんが部屋のドアをノックした。

「ゆめ、お友達来たわよ」

友達？　私はお母さんの言葉に首をかしげ、とりあえず立ちあがる。

なにがなんだかわからないまま玄関のドアを開けると、「やっほー」と言って微笑《ほほえ》みながら私にむかって片手をふる沙月《さつき》がいた。

「沙月？　なんで？」

「なんでじゃないよ、みずくさいなー」

沙月のうしろには新田《にった》先輩もいる。

「えっ、どうして新田先輩……!?」

「俺も相沢《あいざわ》さんと同じで、どうしていいかわからないし、なやんでたんだ」

「先輩は私が呼んだの。ゆめ、つらそうだったから」

「沙月……」

とまどいながらも二人を部屋に案内した。そして、穂香に新田先輩を紹介し、四人でテーブルをかこむ。

「ゆめ、なんで私に連絡しなかった？　さっきは急に学校飛びだしていくし、心配したんだから」

怒ったような口調で口をとがらせている沙月。

「ご、ごめん。言おうと思ったんだけど、でも沙月の家は遠いし、迷惑かなって……」

沙月はテーブルに両手をのせて身を乗りだした。

「迷惑なわけないでしょ！　本城先輩が休んでいるあいだ、教室でも部活でもゆめがずっとなやんでるのを一番近くで見てきたんだから。大丈夫とか言って笑っていたつもりかもしれないけど、ぜんぜん笑えてなかったよ」

「沙月、ごめん」

「謝らなくていいから。本城先輩がなんで退部するのか、学校に来ないのかを知りたいんでしょ？」

「うん……」

私が説明する前に、沙月がそう言った。

「大事な友達がこんなに苦しんでるんだから、協力するに決まってる。それに私だって、先輩のことが心配だし。だけど、どうするかな……」

　腕をくみながら考えるように視線をさげた沙月。

　穂香も新田先輩も眉間にしわを寄せたままうつむいている。

　そして私も、考えた。でも、どれだけ考えてもなにも思いつかない。

　しばらく沈黙がつづいたあと、穂香が口を開いた。

「とりあえず考えてもわかんないし、こういうのはどう？」

　三人の視線が穂香に集まると、穂香は言葉をつづけた。

「ゆめ以外の私たちはさ、友達とか部活の仲間とかだれでもいいから本城先輩のことを知っている人に話を聞くの。休む前の本城先輩の様子とか、なにか変わったことはなかったかとか。それで聞いた話をまとめて、そこからまた話しあわない？」

「穂香、私は？」

『ゆめ以外』と言った穂香にそう聞き返した。

「ゆめは、自分で思い出すの」

「思い出す？」

「たぶんね、この学校の中で本城先輩をちゃんと見ていたのはゆめだと思う。ゆめが一番かな？」

本城先輩の変化に気づいていたと思うから、ゆめはそれを自分なりに整理してみたらどう

穂香の言葉に私は考えてみた。

たしかに気になることはいくつかあって、でも私は気にしないようにしていた。

その本城先輩の変化のなかに、答えがあるのかもしれない。

「そうだね、穂香ちゃんの意見に賛成。わかんないときはさ、片っぱしから聞くしかない。ほら、聴きこみってやつ？」

明るい口調で話す沙月の言葉に、少しだけホッとしていた。

私は一人じゃないんだ。

こまっているときは助けてくれる人たちがいる。

そう思えたら、きっと本城先輩の力になれるような気がした。

「あいつがこのまま学校に来なくなったらこまるし、退部についてもちゃんと知りたい。ほかの部員も叶多(かなた)のためにそれぞれ動いてると思うから、なにかわかったらみんなで情報を共有するようにしよう」

「新田先輩、わかりました」

私だけじゃなくみんなが先輩を心配して、みんなが先輩に辞めてほしくないと思ってい

るということが、私はうれしかった。

「きっと大丈夫だよ」

「穂香、ありがとう……」

はげますように、穂香が私の肩に手を置いた。

もう泣かないと決めたのに、また鼻の奥がツーンと痛んだ。

私はギュッと目をつむり、涙が出そうになるのを必死にたえた。

「そんなうさぎみたいに目真っ赤にして、明日腫(は)れるよー」

おどけて言った沙月の言葉に、私はクスッと笑った。

笑ったら、穴だらけだった心がわずかにふさがったような、そんな気持ちになった。

だから……本城先輩の笑顔にもう一度会うまで、もう迷ったりしない。

小さくなんてならない。

本城先輩がいなければ、私の世界から喜びが消えてしまうんだ。

だからお願い。先輩のかかえている痛みを、私にわけてください。


テスト休み期間中でも午前中は部活があって、部活のときだけはなにも考えずに集中しようと思っていたけど、やっぱりダメだった。

いないとわかっているのに、気づけば本城先輩の姿をさがしている自分がいた。

バスケもうまくいかない。

部活が終わって帰りの電車の中では、先輩と一緒に乗った数日間のことを思い出してしまうし、駅から家までの道のりを歩けば雨の日に一つの傘に入ったことや先輩が夢を語ってくれたことを思い出す。

夏のジメジメとした暑さが体にまとわりつくなか、海岸沿いの道を歩き、どこまでもつづいている水平線を見つめた。

何事もなかったかのように「相沢さん！」って、そう言いながら通りの先から先輩が来てくれないだろうか。

そんな思いを抱きながら、私は毎日この道を歩いている。

家につき昼食を食べ終えた私は、部屋にもどって机にむかった。

引き出しから一冊のノートをとりだし、それを机の上にのせて開く。

テスト休みのあいだも穂香と沙月と新田先輩、三人は得た情報をＬＩＮＥ（ライン）や電話で私に教えてくれて、それを私が自分なりにノートにまとめている。

そして自分でも、思い出すかぎりのことをすべてこのノートに書きこんでいた。

自分が見てきた本城先輩の変化、気づいたことをずらっと箇条（かじょう）書きにしてあって、その下には三人がいろんな人に聞いて得てくれた情報が書いてある。

ノートに書いた中で、特に気になっている出来事が一つある。

穂香と同じ陸上部の二年の女の先輩で、前に本城先輩のことをかっこいいと言っていたのを聞いたことがあった穂香は、その先輩に話を聞いてくれたらしい。

どんな小さなことでもいいから本城先輩のことでなにか気づいたことはないですかと問いかけると、こんな答えが返ってきたと穂香は教えてくれた。

『何度か本城くんに無視された』

穂香からその話を聞いたときは、絶対にありえないと思った。

本城先輩が無視なんて、なにかのかんちがいなのだろうと。

でもくわしく話を聞いた私は、絶対とは言いきれなくなった。

ロッカーの前にいた本城先輩に気づきうしろから声をかけたけれど、無視されたらしい。

最初は廊下がさわがしくて気づかないのかなと思ったけど、その先輩は名前を呼びながら何度も声をかけた。

それでもふりかえってくれなかったため肩をたたくと、本城先輩はふりかえり、何事もなかったかのように返事をしてくれた。

何度も呼んだということを本城先輩に伝えると、先輩は『考えごとをしていてぜんぜん気づかなかった』と笑っていたらしい。

本当に考えごとをしていて気づかなかったのかもしれないけど、けっこう大きな声で呼んだつもりだったと。

しかもそういうことが一度ではなく何度かあったという話だった。

新田先輩からも、同じような情報を聞いた。

相手は男子だったのだけれど、何人かで話をしているとき、たまに本城先輩が話を聞いていないときがあったと。

話をふっても、なんの話をしてたんだっけ？　と聞き返されることが多く、本城先輩が学校を休む少し前くらいから、心ここにあらずという状態が多かったと新田先輩も言っていた。

たしかに、男子の練習試合のあとにご飯を食べに行ったときも、先輩は話を聞いていないときがあった。

それからもう一つ、休み時間になると本城先輩は一人で教室を出ていくことが多かったという情報も得た。

教室を出た本城先輩がどこに行っていたのか、それをつきとめたのは沙月だった。

本城先輩と同じクラスの女バスの先輩に聞いてくれた沙月。

休み時間になるとときどき本城先輩が行っていたのは、保健室だったらしい。

少し目眩がすると言って保健室で休むことがあった。

それを聞いたとき、やっぱりどこか体の具合がよくないんだと思った。

無視をしたり話を聞いていないのも、きっとそのことについて考えごとをしていたからなんだ。

保健室で休んだり、自分の体のことでそんなに考えなければいけないなんて……。

頭の中に最悪の結果を想像した私は、こわくなってノートを閉じた。

でも、そんなのまだわからない。

ぜんぶただの想像だし、ぜんぶみんなのかんちがいかもしれない。

私が本城先輩が少しおかしいと感じたことも、かんちがいだという可能性だって……。

今までは真実を知るのがこわくて、そうやって逃げてきた。

自分に都合のいいように言い聞かせることはいくらでもできるけど、でも……。

けっきょくたどりついた答えは、本城先輩に会って話を聞きたいということだった。

みんなに協力してもらって色々わかったこともあるけど、でもやっぱり本人に直接聞かなければどうすることもできない。

話を聞いて、そしてそこからなにか本城先輩の力になれることを見つけたい。

でも、どうすれば会えるんだろう。

連絡もとれないし、部活のメンバーが家に電話したりたずねても本人には会えなかった。

これ以上、もうどうすることもできないのかな。

一学期の終業式まであと三日。

このまま終業式も来なくて、夏休みもその先も、もう二度と本城先輩が登校して来なかったら……。

目の奥からじわっと悲しみがわきあがると、胸が苦しくなった。

私は苦しみをおさえるように大きく深呼吸をし、引き出しを開けて便箋(びんせん)をとりだす。

明日は部活が休みだから、明日しかない。

今度は気持ちを落ちつかせるため軽く息を吐き、机の上にあるペンをにぎった。

【本城先輩へ。先輩は今、どうしていますか？　なにを思っていますか？

先輩にお願いがあります。明日、私と会ってください。

話したくなかったらなにも話さなくてもいいから、ただ、会いたいです。

明日の十三時、駅前で待っています。

先輩が来るまでずっと、何時間でもずっと待ってます。相沢ゆめ】

11　悲しいデート

目が少し重いのは、昨夜あまり眠れなかったせいだ。

来ない確率のほうがはるかに高いけど、来てくれたときのためになにを話そうかずっと考えていた。

だまりこんでしまわないよう、聞きたいことをちゃんと聞けるよう、何度も頭の中でくりかえし練習をした。練習通りにできればいいのだけど……。

お昼を家で食べた私は部屋にもどり、昨日準備しておいた服に着がえた。

お気に入りのうすいブルーのワンピースに白いカーディガンを羽織る。

まだ会えると決まったわけじゃないし、会えたとしても楽しいデートをするわけではない。

それなのに、先輩に会えるかもしれないと思うだけでドキドキしてしまう私は、本当にバカだ。

十二時半になり家を出た私は、駅にむかって歩いた。

今日両親と弟はおばあちゃんのところに行っておそくなると言っていたから、時間は気にしなくても大丈夫。何時間だって待てる。

十三時と書いたけど、もしかしたら早く来るということもあるかもしれない。

いろんな可能性を考えて早く家を出た私は、待ちあわせの十五分前に駅についた。

駅の前に立っていると、こちらにむかって歩く人たちの姿がよく見える。

いそいでいる人、のんびり歩いている人。友達、恋人、家族、いろんな人たちが駅の中に入っていく。

視線を左右に動かしながら、その中に本城先輩がいないかさがしつづけた。

今日もよく晴れていて、頭上からは過酷な太陽の光が、地面からはアスファルトに反射した熱が伝わってくる。

暑いけど、こんなの部活のときにくらべたらなんてことない。

本城先輩が来てくれると信じながら、私は待ちつづけた。

そして十三時半をすぎたとき、行きかう人混みの中から見えたのは……。

とっさに背筋をのばし背のびをすると、近くで鳴いていたセミの声が遠ざかっていく気がした。

夏の風がワンピースをゆらすと、自然と涙がこぼれ落ちる。

何年も会っていなかったように、想いがあふれてくる。

心臓の鼓動（こどう）が速まると、言おうと思っていた言葉がすべて真っ白になって、残ったのは〝好き〟という想いだけだった。

ここから今すぐにでも、好きって叫びたい。

一歩前に出た私は、両手で口元をおさえた。

たくさんの人たちが私の横を通りすぎるなか、本城先輩が私の目の前に立った。

そして、唇をむすんで頭をさげる。

「連絡くれて、ありがとう。……ごめん」

今まで返事をしなかったことなのか、退部届を出したことなのか、ごめんの意味はわからないけど、でもそんなこともうどうでもいい。

だって今、こうして私の前に来てくれたんだから。

「謝らないでください。私こそ、ムリ言ってごめんなさい。来てくれて、うれしいです……」

視線があうと、本城先輩はふわっとやわらかい笑顔を見せてくれた。

この笑顔を見られただけで、私の小さな心に何倍もの勇気がわいてくる。

「あの……少し、話したいんですけど……」

もし来てくれたらどこで話をするか考えていたのに、ぜんぶ忘れてしまった。

駅前のファミレスか、公園か、それとも……。

「行きたいところがあるんだけど」

その言葉にうつむきかけていた顔をあげると、本城先輩は首をかたむけながら「いい？」と聞いてきた。

「は、はい」

予想していなかった展開に少しとまどいながら返事をすると、本城先輩は改札にむかって歩きだした。

同時に、とまっているように見えていたまわりの景色が、ふたたび動きはじめる。

さわやかな白いシャツにデニム姿が新鮮で、私は高鳴る胸をおさえながら本城先輩の半歩うしろをついて歩いた。

うれしいけど、ただ好きな人と一緒にいられる時間を楽しむために今日があるわけではない。

その心にかかえている痛みはなんなのかを知るために、本城先輩の言動すべてに神経をとぎすませよう。

駅に入ると、ちょうどホームに電車が到着していた。

「来てる、乗ろう‼」

とつぜんあたりにひびくくらいの大きな声を出した本城先輩に一瞬だけおどろいたけど、私はいそぐ本城先輩のあとにつづいて電車に乗りこんだ。

車内はわりと空いている。本城先輩がはしの席に座ったので、私はあいていたその右どなりに腰かけた。

電車が走りだすと、となりにいる本城先輩にチラッと目線をむけた。

ドアの上にある画面には天気予報が流れていて、それをながめているようだった。

「あの、それで……どこに行くんですか？」

「……」

本城先輩は無言のまま、画面に釘づけになっている。そんなに天気が気になるのだろうか。

「本城先輩？」

腕を軽くたたきながらもう一度声をかけると、本城先輩は「なに？」と言って私のほうをむいた。

「あ、えっと、どこに行くんですか？」

「あぁ、えっとね、映画観たいなと思って」

「え……映画⁉」

おどろいて思わず声をあげてしまったけれど、ドアが開く音と重なったおかげでそこまで自分の声が大きくひびかなかったことにホッとする。

映画なんて、そんな悠長なことをしている場合ではないのかもしれないけど、まさか本城先輩と映画を観る日が来るなんて思っていなかったから、素直にうれしかった。

でもできるなら、楽しい気持ちだけをかかえたままこんなふうに一緒に出かけたかったなと思う。

電車にゆられながら、うれしさと不安が心の中で複雑にまざりあっていた。

二駅すぎたところで、本城先輩が「次でおりるから」と言ってきた。

次でおりるということは、ショッピングモール内にある映画館に行くのだと察しがついた。

中学のころは両親や穂香(ほのか)とよく行っていたけど、そういえば高校生になってからはまだ一度も行っていない。

次の駅でおりた私たちは、駅から信号を一つわたった場所にあるショッピングモールへと入った。

平日の昼間だけど、私たちと同じテスト休みの高校生らしき姿や家族連れやカップルなどたくさんの人が通路を行きかっている。

映画館は三階にあるため、一番近くにあるエスカレーターに乗った。

「え、映画館で映画を観るなんて、ひさしぶりです……」

前にいる本城先輩の背中にむかってそうつぶやいたけれど、本城先輩からの返事はなかった。

私の声が小さすぎるからなのかと一瞬考えた。でも……。

頭の中に、穂香たちから聞いた話やノートにまとめたことをうかべると、胸の中の不安が徐々にせりあがってくる。

「どうかした？」

三階につくと、ぼーっとしていた私の顔を先輩がのぞきこんできた。

「い、いいえ、なんでもないです」

「じゃー行こうか」

「はい……」

映画館はほかのフロアとはちがい、うす暗いブルーのライトに照らされている。

私はこの、ほかとはちがう映画館独特な空間がけっこう好きだ。

チケットカウンターが二つに自動のチケット発券機がいくつかあって、多少の列ができていた。

そしてその上にある横長の画面には、今日上映する映画のタイトルと上映時間がずらりと表示されている。

「なに観ますか?」

画面を見あげている本城先輩の左側に立ち、同じように画面を見ながら声をかけたけど、返事はない。

今度は本城先輩を見あげながら、もう一度問いかける。

「なに……観ますか?」

けれど本城先輩は、やっぱり答えなかった。

まわりがさわがしいのと、私の声が原因かもしれない。

今度はもう少し大きい声を出した。

「なに観ますか?」

本城先輩の視線は画面にむいたまま、表情もまったく変わらない。

おしよせてくる悲しみにはりつめていた糸が切れてしまわないよう、拳(こぶし)を強くにぎった。

そして一歩後退(ずさ)りをし、うしろから移動して今度は先輩の右側に立った。

小さく深呼吸をして、口を開く。

「本城先輩……なに観ますか？」

地面がぐらついているのかとかんちがいしてしまうほど、心臓が激しくゆれている。

見あげると、本城先輩は私のほうをむいて微笑んだ。

「うーん、相沢さんはなにか観たいのある？」

何事もなかったように、先輩はそう聞いてきた。

「私は……なんでも大丈夫です」

精一杯の笑顔をうかべた私は、本城先輩から視線をそらした。

「女子はやっぱり恋愛ものなのかな……」

腕をくみながら小声でつぶやいた本城先輩。

私は軽く息をはき、心を落ちつかせた。

まだなにもわかっていない。本人からもまだなんの話も聞いていないいんだ。

だから、落ちつかなきゃ。

「先週公開されたファンタジーのあれはどう？」

画面を指さした先輩に、私は「ファンタジー好きなので、観たいです」と返事をした。

「字幕でいい？」

その笑顔の裏にどんな悲しみをかくしているのか、考えるだけで胸がはりさけそうになる。

「はい……」

飲み物を買って中に入ると、半分くらいの席があいていた。

予告がすでに始まっていて館内は暗いため、足元の小さな明かりをたよりに階段をあがった。

「あっ」

階段につまずきそうになった私の手を、本城先輩がにぎった。

「大丈夫?」

その手があまりにもあたたかくて、また涙が出そうになる。

「はい……すみません」

上から二段目の通路側のあいている席に二人ならんで座ると、すぐに映画が始まった。

まっすぐスクリーンに視線をむけながらも、映画の内容はあまり入ってこない。

私の中にうっすらと生まれた疑念、それをたしかめなければいけないと思った。

かんちがいならそれでいい。

むしろ、かんちがいであってほしい。

だけどもしかんちがいじゃなかったら、私は先輩になんて声をかけてあげられるんだろう。どう言えば、先輩の力になれるんだろうか……。

映画が終わるまでの約二時間、私の頭の中は本城先輩のことでいっぱいだった。


「おもしろかったね」

「はい」

映画館を出たときには十六時をすぎていた。

本当はあまり集中できなかった、などとは言えない。

「小腹すいたかも。なんか食べない？」

「えっ？　あ、はい」

「俺じつはけっこう甘党なんだ」

目尻（めじり）をさげて笑う本城先輩。

こんなふうにふつうに笑いかけてくれることがとても不思議で、学校を休んでいることも部活を辞めたことも、ずっと会えていなかったことも、ぜんぶ夢だったんじゃないかと思ってしまう。

本城先輩についていくと、むかった先はフードコートのクレープ屋だった。

奥の壁にはカラフルな花の模様が描かれていて、店員さんはかわいいオレンジ色のエプロンをつけている。

注文をしてクレープを受けとると、ちょうど目の前の席があいたので二人で座った。

むかいあってクレープを食べていると、本当にデートをしているような気持ちになって緊張する。

けっしてデートなんかじゃないのに、勝手に胸がドキドキしてしまう。

ふと前を見ると、おいしそうにチョコバナナクレープを食べている本城先輩。

これが本当のデートだったらどんなにうれしいか。

ふつうに学校や部活の話をしたり、そうしてすごせたら……。

けれど私たちのあいだに会話はなく、無言のままクレープを食べつづけた。


「ひさしぶりに食べたから、ほんとおいしかったな」

満足そうに微笑みながら席を立った本城先輩。

私は笑顔をうかべて「おいしかったです」とつぶやいた。

このまま何事もなかったかのように、明日の部活に出てきてくれないだろうか。

終業式にも……。

でもそんなに都合よくいくはずない。まじめな本城先輩がみんなからの連絡を返さなかったのには、退部したのには、きっとわけがあるはずだから。

　こわいけど、たしかめなければいけない。

「どこか見たいところある？」

「いえ、私はとくに……」

　しばらく無言でショッピングモールの中を歩いたあと、本城先輩が言った。

　買い物をしに来たわけでもデートを楽しみに来たわけでもないから、私は「はい」と返事をする。

「そろそろ、帰ろっか」

　夕方になってさらに混雑してくるショッピングモール、人混みをすりぬけながら私たちは外へ出た。

　あんなに眩しかった太陽が、色を変えて私たちを照らす。

　今日は天気がよかったから、夕方の空もとてもきれいだ。

　きれいすぎて、また涙が出そうになる。

　駅までのわずか数分間、緊張してなかなか勇気を出せなかったことがウソみたいに、私は次々と先輩に質問をぶつけた。

　口を開くたびにおそってくる悲しみに、必死にたえながら……。

「先輩って、怒ったことあるんですか?」

「先輩は大学に行くんですか?」

「夏休み、どこかでかけますか?」

「どうして……部活辞めちゃったんですか?」

本城先輩がなにを思い、なにをかかえているのか知りたかった。

でも私が口を開けば開くほど、それを知るのがこわくなった。

あんなに知りたかったのに、知ったところで私にできることなんてあるのかわからない。

ただ本城先輩が好きだというだけで、私にはなにもできないかもしれない。

それでも……。

駅につき改札をぬけると、電車が到着するというアナウンスが流れていた。

少しいそいで階段をのぼり電車に乗りこむと、行きよりも混んでいて座る場所はなかった。

私たちは入ってすぐの座席の前に立ち、つり革につかまる。

ガタンと音を立てて走りだす電車。

私たちの前に座っている女の子たちは、スマホを開きながら楽しそうに話をしている。

一方で、私と本城先輩のあいだに会話はいっさいなかった。

話すことがないわけでも、話ができないほど満員なわけでも、緊張していて言葉が出ないわけでもない。

会話がないのは、私が……左側に立っていたから。

本城先輩の左に立ってしまったから、会話ができないんだ。

ショッピングモールを出てから駅までのあいだに私が投げかけた言葉に、本城先輩は一度も答えなかった。

たしかに大きな声ではなかったけど、真横にいれば絶対に聞こえるくらいの声だった。

それなのに先輩は、私の言葉に答えなかった。

私がわざと、本城先輩の左側を歩いたから……。

二つ目の駅をこえると、私はつり革を強くにぎった。

本城先輩は、答えなかったんじゃない。

答えられなかったんだ……。

私の中でうかんだ一つの可能性。すべて憶測だしまちがいだったらいいのにと思うけれど、そう思えばすべてが納得できる。

穂香たちが教えてくれたことや今日をふくめて私自身が経験したことを考えると、そう思わざるをえない。

四人でご飯を食べにいったときも、壁がないと落ちつかないと本城先輩は言った。

でも本当はそうじゃなくて、私が本城先輩の右側に座るようにわざと言ったのかもしれない。

ときどき保健室に行ったり練習試合で調子が悪かったのも、そのことが影響していたからなのかもしれない。

けれどそれらすべては私の勝手な想像だ。

ちがうかもしれない。むしろ、ちがってほしいと強く思う。

でも、もし本当だったとしたら……。

大好きなバスケ部を辞めなければいけなかった本城先輩の気持ちを思うと、底知れぬ悲しみが心につきささる。

つり革につかまりながらうつむいた私は、電車のゆれる音にあわせるように鼻をすすり、落ちてくる涙を自分の髪の毛でかくした。

12　きみのためにできること

地元の駅につくと、私は本城先輩の右側を歩いた。

「だいぶ日が長くなったね。冬だったらすぐに暗くなっちゃうけど、まだ夕日があんなところにある」

まっすぐ前をむいて、眩しそうに空を見つめる本城先輩。

電車に乗る前よりも、空は濃いだいだい色に変わっていた。

「うん……そうですね」

泣かないように、けれど少しふるえる声で返事をし、それをかくすように精一杯の笑顔を本城先輩にむけた。

そして私は、胸に手をあてて息を吸いこむ。

「あの、本城先輩……」

「なに？」

「行きたいところが……あるんです」

本城先輩は迷うことなく、「いいよ」と言ってくれた。

先輩がどんな思いで退部届を出したのか、今どんな気持ちでここにいるのか、私にはわからない。

でもそれを知ることで、先輩の痛みをわけてもらえるかもしれない。

救いたいと思っても私にはなにもできないかもしれないけれど、やさしくてまじめでバスケが大好きな本城先輩を、救いたい。

方法はわからないけど、また本城先輩がみんなと笑いあえるように。

大好きなバスケをしている姿を、もう一度見られるように。


私がむかった先は、本城先輩が私の声を『好きだな』と言ってくれた場所。

私にとってこの海岸は、とくべつな場所だから。

小さな海岸には中学生くらいの女の子が二人でスマホをむけあって遊んでいるだけで、ほかにはだれもいなかった。

「この場所好きなんだ？」

「はい、好き……です」

どこまでもつづく水平線に夕日が広がり、その夕日を浴びた白い砂がキラキラと細かい光を放っている。

私たちは波打ちぎわから少し距離をとった場所に二人ならんで座った。

「じつは俺も好きなんだ。ここにいると、落ちつく」

静かにゆらめく波の音に耳をかたむけるかのように本城先輩はそう言って、目を閉じた。

同じように私も目を閉じると、ザーッと静かに打ちよせる波が、時折ザラザラと音を立てて小さな砂をさらっていく。

はなれた所からは、楽しそうな笑い声と車のエンジン音がまざりあって聞こえてきた。

「あのさ……」

目を閉じたまま、本城先輩が私に聞いてきた。

「今、どんな音が……聞こえる？」

激しい胸の痛みをかくすように、私は膝を強くかかえこみ大きく息を吸った。

「今日は……風がほとんどないから波の音は……静かで、うしろを通ってる車の音のほうが、大きく聞こえます」

そう言って、私は唇をかんだ。

「そっか……」

本城先輩の声に私はゆっくりと目をあけ、左に顔をむけた。

そして少しの沈黙のあと、本城先輩も目をあける。

「相沢さんは……もう、気づいてるよね？　俺の左耳が、聞こえないってことに」

私は声が出ないかわりに、静かにうなずいた。

それと同時に、ずっとガマンしていた涙が一気にあふれだした。

当たってほしくなんかなかった。

かんちがいだったと、そう思いたかった。

なんともないよって言って、笑ってほしかった。

つらいのは本城先輩なんだから泣いちゃダメだって思うのに、涙がとまらない。

呼吸をととのえようと思っても、こみあげる悲しみが邪魔をして苦しくて……。

「わ……私……っ」

「泣かないで」

顔をあげると、本城先輩は私にむかってやさしく微笑んだ。

いつも見ていた笑顔なのに、それはとてもせつなく悲しい笑顔だった。

「自分が悪いんだ。こうなってしまったのは、ぜんぶ自分の責任」

つぶやくようにそう言った本城先輩の表情の裏に、深い悲しみのかげが見えた気がした。

そしてそのかげが消えないまま、本城先輩は言葉をつづけた。

「本当にとつぜんだったんだ。四月下旬ごろだったかな、急に目眩がして。でもそのときはただ体調が悪いだけだと思ってた」

　そこまで言うと、先輩はフーッと息をもらし悲しげに苦笑いをうかべた。

「そのうち耳鳴りがひどくなっていって、でも大丈夫だって勝手に決めつけてふつうに学校生活を送ってた。ときどきつらくなって保健室で休ませてもらったりもしてたけど、それでも部活だけは休みたくなかったんだ。いつもみたいに自分の体が動かなくても、みんなには心配をかけたくなかった」

　先輩の様子がおかしかったことに、私も気づいていた。

　もしも私がちゃんと話を聞いていれば、だれかに相談していれば……。

「でも、練習試合の日……あのときは本当にひどくて、最後には目の前がぐるぐるまわってるみたいで立っていられなくなって……」

　先輩の言葉の一つひとつが、ずっしりと私の心にのしかかってきた。

　とても重くて、苦しくて、悲しい言葉が。

「だんだんみんなの話している声も聞きとりにくくなっていって、左側から話しかけられたときはとくに。相沢さんたちとご飯を食べに行った次の日、熱が出たから病院に行ってその場で即入院になった。治療が早ければ完治するらしいんだけど、俺は一カ月以上も放っておいたから、まったく聞こえなくなるということはないけど、完治もムリなんだ。ストレスやつかれで発症することが多い病気らしいんだけど、一年前くらいから親が離婚するしないでもめてたから家の中ではずっと気を使ってて、それでなのかな……」

本城先輩の痛みをすべて心にきざみこむように、胸をおさえながら私は先輩を見つめつづけた。

「左の耳はほとんど聞こえなくて、右耳もある一定の音以外は聞こえづらい。両耳にこういう症状が起こるのはめずらしいんだって。でも放置していた自分の責任だってわかってるし、迷惑かけたくないから本当はだれにも知られたくなかった。言うつもりもなかった。だけどどうしてだろう……」

ふと空を見あげ、夕日の色に染まった本城先輩がかるく深呼吸をして微笑んだ。

「相沢さんには……ぜんぶをかくそうっていう気にはなれなかったんだ。もしかしたら、聞いてほしい、気づいてほしいって心の奥で思っていたのかもしれない。だから俺は今日、相沢さんに会う決心をした。それに、映画観(み)たりクレープ食べたり、これからはそういうことも簡単にできないのかなって思って……」

ぽろぽろとこぼれ落ちる涙。

私は両手で顔をおおった。

もしも神様がいるのなら、大好きな人の笑顔を、夢を、うばわないでください。

これまで見てきた本城先輩の顔はいくらだってうかぶ。

けれど私は、これからの本城先輩を、心から笑う本城先輩を見ていたい。

お前の耳をさしだせと言われたら、私は喜んでそれをさしだすから。

だから神様……。

どうか、どうか……私と本城先輩の耳を、交換してください。

音なんかなくても私は大丈夫だから、好きな人が笑ってくれたらそれでいい。

だからお願い。

本城先輩から、夢をうばわないでください……。

「ごめんね、こんな話しちゃって」

私は顔を両手でおおったまま大きく首を横にふった。

「今のままだと、バスケは……できないんだ……」

そうぽつりとつぶやくと、本城先輩の右腕が私の左腕にふれ、私は視線をあげた。

すると先輩はすっと立ちあがり、前へゆっくりと歩きだす。

まるでこの広い海に吸いこまれるかのように、一歩ずつ進んでいく本城先輩。

私がドクドクと早鐘(はやがね)をうつ心臓に手をあてると、バシャッと音を立てて本城先輩が海に足をふみいれた。

その瞬間私は、なにも考えずに立ちあがり……本城先輩の背中にとびついた。

自分でもよくわからないくらい、強く先輩の体をだきしめる。

手がふるえて呼吸が荒くなり、声も出せないほどこわくて……。

頭の中は真っ白なのに、ただはなしちゃいけないと、とっさにそう思った。

「……相沢さん？」

「お、お願い！　いなくならないでください！　私は、本城先輩がいなきゃ……」

まわりのことなんかいっさい目に入らず、無意識に、力いっぱいそう叫んでいた。

「……」

体にまわした私の手を本城先輩がにぎり、ゆっくりとふりかえった。

「ごめん。ただ少し、海に近づきたかっただけだから」

その言葉を聞いた瞬間全身の力がぬけて、私はその場にくずれるように座りこんだ。

だって……だって、本城先輩の顔があまりにも悲しそうだったから。

だから私は……。

「私……っ、私、先輩が……このままこの海に、消えちゃうような気がして……」

私の体をささえて立たせてくれた本城先輩は、私の服についた砂をはらいながら「ごめんね」と何度もくりかえした。

まだ手がふるえているけれど、先輩はそんな私の手をにぎったまま視線をむけた。

それにあわせるように、私もまっすぐ先輩を見つめる。

「風の音とかボールの音とか小さい声とか低い声とか、右でも聞きとりにくい音はたくさんあるんだけどさ、相沢さんの声は……」

やわらかな夕日に真横から照らされた私たちは、一本の線でつながっているかのようにたがいに視線をあわせた。

「今叫んでくれた相沢さんの声は……すごくよく聞こえた。うしろからだったのに、俺の耳に相沢さんの高い声がちゃんと届いたんだ」

フッと微笑んでくれた本城先輩に、私の目からはまた涙がこぼれ落ちる。

「相沢さんって、泣き虫なんだね。でもやっぱり、相沢さんの声はいい声だよ」

そうだよ、私は泣き虫なんだ。

本城先輩を想って何度泣いたかわからない。

好きだと気づいて泣いたり、やさしさにふれて泣いたり、後悔して泣いたり。

そのぜんぶが、本城先輩を好きだという想いから生まれた涙なんだ。

「学校……学校には、来ますよね？」

正直くやしくてやりきれないけど、耳のせいでバスケができないということはわかった。

でも学校に来ない理由はないから、私は先輩にそう問いかけた。

「正直……これからのことを親と話すのも考えるのも、つかれちゃったんだ。きっと通ってもみんなに迷惑をかけるだろうし。それに連絡を無視しつづけてるから、みんな怒ってるんだろうなって。浩人なんてとくに」

「そんな……」

「右の耳も完璧に聞こえるわけじゃないし、やっぱり今まで通りってわけにはいかないかもしれない」

それは、今まで通り学校に行くことはできないと、そういう意味？

ちがう学校に行くことを考えてるって、そう言いたいんですか？

風によってできた白波が、ザブンと大きな音を立てた。

いつも明るく笑っていた本城先輩が、目線をさげて弱々しい声を出している。

私は目の前にいる本城先輩を見あげながら、口を開いた。

「どうやっても、ムリなんですか？　このまま学校に通うことは、絶対に不可能なんですか？」

本城先輩は一度チラッと私に視線をむけたあと、軽く首を横にふった。

「いや、補聴器をつけるっていう方法もある。もちろん今まで通りなにも変わらずというわけにはいかないけど、病院の先生からも色々話を聞いて、補聴器をつけたら授業を受けたり学校に通うことは可能らしい。親もそうしろって言ってる。でも俺自身は……」

それなら、補聴器をつければ学校を辞める必要なんて……でも先輩は、それを迷っているということ？

どうして……。

「……耳のことは、みんなに知られたくないんだ」

そうつぶやいた本城先輩の言葉が、一瞬にして波の音にかき消される。

「ど、どうして……なんでですか？」

私には話してくれたのに。みんなにも同じように話せばきっと……。

「どうしてだろう。わからないけど、でもこわいのかもしれない。今までの自分じゃなくなることとか、みんなの目とか」

私はだらりとさげている両手に力をこめた。

「い……今までの自分じゃないなんて、そんなことないです！　耳のことがあったってなくたって、本城先輩は本城先輩なんですから！」

声をあらげてしまった私を見て、先輩はおどろいたように目を見開いている。

「みんなにもちゃんと話してください」

私もずっと、まわりの目ばかり気にしていた。

どう思われているのかこわくて、私が声を出したらきらわれると思いこんで。

だから、ただ見ているだけでなにもできなくて、私はいつも後悔ばかりだった。

それでもこの想いを消すことなんかできなくて、ずっとずっと、私は本城先輩の姿をさがしていた。

後悔したり泣いたりして、声を出そうと思っても緊張して出せない自分が大キライだったのに、今はほんの少しだけ、好きになれた気がするんだ。

それはぜんぶ、私のそばにいてくれる友達と……本城先輩のおかげなんだ。

先輩が私に、一筋の光をくれたから。

「バスケは、俺のすべてだったんだ。子供のころからバスケが大好きで……」

知ってます。本城先輩にとってバスケがどれだけ大切か、私だけじゃなくほかのみんなだってわかっているはず。

だけど、これで終わりになんてしてほしくない。

「みんなに……話してほしいです」

みんなきっとおどろくと思う。とまどうと思う。

本城先輩だって、今まで通りバスケができないことで苦しむかもしれない。

でもそれならなおさら、一人でかかえるよりも、その苦しみを私たちにわけてほしい。

私がなやんでいたときに友達が助けてくれたように、本城先輩にだって、ささえてくれる友達がたくさんいるんだから。

「俺本当は、すごい臆病なんだ。今回のことで初めてわかったよ。もしみんなに話したとしても、今さらって思われる気がしてこわいんだ。時間がたてばたつほど言えなくなって、もっと早く相談していればよかったんだよな……」

私は落ちてきた涙をぬぐい、先輩にまっすぐ視線をむけた。

「今さらなんて、そんなこと……思うわけない！」

「相沢さん……」

「だって、言葉は逃げたりなくなったりしないんです。そのとき言えなくても、また言えばいい。伝えたい気持ちがあればちゃんと伝わるって、そう教えてくれたのは先輩なんですから！」

だけど絶対に言わなきゃいけないときもあると、穂香とケンカをしたとき、本城先輩は私にそう言ってくれた。

『だれかを傷つけたときと、後悔したくないとき』

このままじゃ、先輩は絶対に後悔する。

きっと、あのとき話しておけばよかったって、そう思ってしまう。

今の私も同じ気持ちなんだ、後悔したくないって、そう思ってる。

だから……。

「わ……私は……、先輩が……先輩のおかげで、少しずつ勇気を出せるようになったんです！」

高くて大きな私の声に、通りを行く人がふりかえって笑ったとしても、不思議とはずかしさはなかった。

後悔したくなかったから。

今思っている正直な気持ちを、先輩に伝えたかった。

「お願いです、学校を辞めるとか、そんなの……。私は本城先輩の言葉や笑顔に何度も救われました。本城先輩の笑顔を見られるだけでがんばろうって思えて、先輩が私の声を好きだって言ってくれたから、だから私は……」

「相沢さん、俺は……」

「私が……先輩と同じくらいバスケが好きな一人の女子がそう思っているというだけでは、ダメですか？　本城先輩がいてくれるだけで元気になれる子がいるっていうだけじゃ、学校に残る理由になりませんか？　みんなに伝える勇気には、なりませんか……？」

　こわいと言った本城先輩の気持ちは、私には痛いくらいわかる。

　だけど勇気を出して言葉にしたら、きっと……。

「相沢さん……ありがとう」

　ぽろぽろとこぼれ落ちる涙に視界がゆがみ、呼吸がみだれる。

　涙をぬぐいながら、うまく出てこない言葉を最後に精一杯しぼりだした。

「先輩、バスケを……。バスケを、やりませんか？」

「……えっ？」

　今の私の想いを、一生懸命先輩に伝えた。

　勝手かもしれないけど、これで終わりになんてしてほしくないから。

　私の言葉が、声が、本城先輩の心に届いていると信じて。

　私の想いが、本城先輩の勇気になると信じて……。

「ごめんなさい！」

　終業式の朝。

体育館に集まってくれた部員たちにむかって、本城先輩が頭をさげた。

本城先輩をかこむように半円になった部員たち。

男子部員が前に立ち、女子部員はそのうしろに立った。

「今まで連絡もせず、勝手に部活も辞めて……なにも言わずにいたこと、本当に申しわけありませんでした」

一番うしろにいる私からは、先輩の姿は見えなかった。

でもわかるんだ。心から謝りながら、深く頭をさげている先輩の姿は、私の脳裏(のうり)にハッキリとうかぶ。

それに、本城先輩がみんなに伝える勇気をもってくれたことがうれしくて、涙があふれそうになる。

一瞬おとずれた沈黙のあと、本城先輩は自分の身にとつぜん起こったすべてのことをつつみかくさず話しはじめた。

ときどき言葉につまりながらも、必死に自分の言葉をみんなに伝えていた。

私は涙をこらえながら、先輩の言葉に真剣に耳をかたむける。

「……左耳が聞こえづらいこと、今までの俺じゃなくなったこと、みんなにどう思われるのかこわくて言えなかった。それに、こんな俺が学校にいたらみんなに迷惑がかかるんじゃないかって、そう思って……」

「ふざけるな！」

　本城先輩の言葉をさえぎり、全員の体がビクッとふるえるほどの大声をあげたのは新田先輩だった。

「そんな……そんなことで、俺たちがお前を見る目が変わると思ったのか⁉　俺はずっと、中学からずっとバカまじめでだれよりもバスケが好きなお前を見てきたんだ！　だから俺は……」

　時がとまっているかのような静寂につつまれると、女子部員のすすり泣く声が聞こえてきた。

「なんで、どうして迷惑とか、そんなこと……。少なくとも俺は、お前がどんなやつかよく知ってる！　どうしようもないくらいまじめで練習熱心で、自分がつらくてもお前はいつも笑顔で仲間をはげまして、そんなやつだから俺は……」

　うしろから見える新田先輩の肩が、ふるえていた。

　必死に涙をこらえているような気がして、そんな姿を見ているだけで、私の目から自然と涙があふれてくる。

「つらいときはつらいって言えよ！　かっこつけんなよ！　叶多がどんなにかっこ悪くた

って、耳が聞こえなくたって、それを笑うようなやつは一人もいない！　なにも変わらない！　叶多はこれからも俺の友達だし、バスケ部の仲間なんだ。迷惑だなんて……そんなこと、思わないでくれよ……」

新田先輩は涙をガマンするかのように、体育館の天井に視線をむけた。

「浩人、みんな……本当にすみませんでした。俺、今まで通りとはいかないけど、やっぱり部活は辞めたくない。俺にできることをさがして、バスケ部のみんなの力になりたい。バスケが……本当に好きなんです」

前に立っている部員たちのあいだから、頭をさげる本城先輩が見えた。

そして顔をあげた本城先輩の目から、一筋の涙がこぼれ落ちる。

「あたり前だろ！　叶多はバスケ部に必要な存在なんだ。辞めたいって言ったって、ぜってー辞めさせねぇよ。そうだよな、みんな」

わざとおどけたように、笑顔でみんなにむかってそう言った新田先輩。

けれど新田先輩の瞳は潤(うる)んでいて、それがこぼれないように右腕で涙をおさえた。

「連絡をムシしたことは正直ムカついてるけど、それは嫌悪感とかそういうムカつくとはちがって、気づいてやれなかった自分に腹が立ってる。これからのことは顧問(こもん)の先生や部員全員で話しあおう」

「ありがとう。終業式の前に、クラスのみんなにも話すつもりだから」

新田先輩の言葉に本城先輩がそう言うと、ほかの部員たちも次々に言葉をなげかけた。

「大丈夫だ」

「なにも気にすることねーよ」

「これからも一緒にがんばろう」

みんなの言葉を受けた先輩の顔に、笑顔がもどった。

その笑顔は、私が見てきた大好きな笑顔そのものだった。

ずっと曇(くも)っていた私の心がきれいに晴れて、幸せな気持ちが胸にあふれてくる。

「一つ……お願いがあるんだ」

全員がもう一度、本城先輩に視線をむける。

「終業式のあと、一度だけ……試合がしたいんだ」

ざわつく部員たちを真剣な眼差(まなざ)しで見つめている本城先輩。

「じつは、相沢さんに言われたんだ。もう一度バスケをしてほしい。このまま終わってほしくないって」

するると、全員の視線がうしろにいる私に集まった。

注目されて、一瞬だけ体に緊張が走った。

でも私は、目をそらさなかった。

「俺はバスケが本当に好きなんだってこと、相沢さんに言われてあらためて気づいた。今までと同じように動ける自信はないし、また体調が悪くなるかもしれない。だけど、もう一度だけ全力で試合がしたいんだ。だから、お願いします」

頭をさげる先輩の姿を見た私は、ふるえる手をにぎりしめながら口を開く。

「わ、私からも……お願いします」

そして、先輩と同じように頭を深くさげた。

13　この声が、きみに届くなら

終業式のあと、私と沙月は五組に行って穂香を誘い、そのまま体育館へいそいだ。

ほとんどの生徒が早く夏休みをむかえたいと足早に廊下を歩くなか、私たちは反対の方向に足をすすめる。

今日は学校の都合上、ぜんぶの部活が休みの日。

だけど男バスの部員が顧問の先生にかけあい、終業式後に一試合だけさせてもらえることになった。

すべては、本城先輩の願いを聞き入れるために。

体育館の入り口に立った私は、おどろいて一瞬ひるんでしまった。

なぜなら、たくさんの生徒がコートをかこむようにして座っていたからだ。

「なんでこんなに?」

沙月がつぶやくと、うしろからユニフォーム姿の新田先輩がやってきた。

「クラスで叶多が耳のことを話したんだ。もちろんクラスメイトはだれも否定的なことは言わなかったし、むしろ授業中に聞きとれないところとかこまったことがあったら言ってくれってみんなは言ってた。で、このあとバスケをやるってことも話したら、このとおり」

体育館の中を見わたすように、新田先輩が視線をむける。

「クラスのやつがほかのクラスのだれかに言って、それがどんどん勝手に広がっていったみたいでさ。くわしい事情を知らずに集まったやつもいるだろうけどな。今日はやめて後日にするかって叶多に聞いたんだけど、だれが見ていてもかまわないってあいつが言ったから」

「そう……だったんですね」

新田先輩の言葉に返事をした私は、体育館のすみでストレッチをしている本城先輩を見つけた。

もしかしたら先輩は今、すごく緊張しているかもしれない。

うまくプレーできずに、練習試合のときみたいになったらって、そう思っているかも。

中に入ると、コートの外のあいている場所に三人で立った。

こうしていると、あの日のことがよみがえってくる。

『がんばって』と叫びたかったのに、勇気が出なくてなにも言えなかったこと。

先輩のつらそうな顔を見て、胸がしめつけられたことを。

青と白のユニフォームにわかれた男子部員たち。

本城先輩と新田先輩は白いユニフォームだった。

「同じ部員同士だけど、公式戦だと思ってやろう」

コートの真ん中に立った新田先輩が、両チームにむけてそう言った。

この試合は本城先輩のためだけど、でも勝たせるとかそんなんじゃなくて、本城先輩と一緒に真剣に試合をする。

そう言いたいのだと思った。

試合が始まると、私は胸に手をあてた。

本城先輩がボールを持ちドリブルから仲間にパスをした瞬間、相手にとられてしまった。

体調が万全ではない状態だから、今までみたいにまわりをよく見ることも難しいのかもしれない。

やっぱり少し、表情もつらそうに見える。

本城先輩がいるチームはなかなか点を入れられず相手におされているなか、それでも私は目をそらさずに先輩を見つめつづけた。

事情を知らない生徒もいるからか、体育館には歓声がひびいていてよけいにコート内の声が聞こえづらいように感じた。

手に汗をにぎりながら見ていると、カットしたボールが本城先輩の手にわたった。

その瞬間、私の視界に入っているコート内の選手の動きが、手にとるようによくわかった。

自分でも不思議なほど、みんなの姿がスロー再生しているかのようにうつる。

だから私は胸に手をあてたまま、大きく息を吸った。

『ゆめちゃんの声って、なんか変』

私は自分の声が、大キライだった。

私がしゃべると、みんなが不快に思うような気がしていた。

人がたくさんいるところで声を出すのは、今でも正直こわい。

だけど……。

『その声、俺好きだな』

先輩が私に、勇気と喜びをくれたから。

だから、まわりの声なんて耳に入らない。

まわりの目なんて、気にならない。

少しでも力になれるなら、この声で少しでも救うことができるなら……。

本城先輩への、このあふれるほどの想いは……きっと、大きな勇気に変えられる。

「本城先輩！　四番！」

大きくて高い声を、お腹の底からしぼりだすようにして、叫んだ。

先輩に届いてほしいという思いをこめて、全力で叫んだ。

どれだけ歓声につつまれていても、私のこの声が先輩に届くように。

すると先輩は、四番のユニフォームを着ている新田先輩へ速いパスを出した。

外に開いてフリーになっていた新田先輩がジャンプシュートをすると、ボールはゆっくりとゴールに吸いこまれ、ネットをゆらす。

ゴールを決めた新田先輩にむかって本城先輩が右手をあげ、二人がハイタッチをする。

そして本城先輩の視線が私にむけられると、目があった瞬間、満面の笑みをうかべてくれた。

先輩がくれた笑顔に、胸がいっぱいになる。

「ごめん、相沢さん」

先輩だけをまっすぐに見つめていると、里奈先輩が私のそばに近よってきた。

「あのね、叶多のサポートをしてくれないかな？」

「え？」

「私もがんばって声出してたつもりだったけど、届かなくて。でも相沢さんの今の声は、届いてた。体調が万全じゃないから判断力がにぶるときがあるけど、相沢さんが声を出してくれたら、叶多も全力でプレーできる気がするから」

里奈先輩の言葉に、私は大きくうなずいた。

「はい。本城先輩のためにできることがあるなら、いくらでもサポートします」

そう言って、ふたたびコートに視線をむける。

「先輩！　うしろ！」

相手の選手がうしろから走ってきていたのでそう叫ぶと、先輩はボールを反対の手に持ちかえてドリブルでかわした。

先輩を中心にコート全体を見ながら、私は声を出しつづける。

相手にシュートを決められた瞬間仲間が走りだしたので、私はボールを持った先輩に大声を届けた。

「速攻！」

すると先輩は、走っている仲間にむけてボールを投げた。

大きく弧を描いたボールが仲間の手におさまり、そのままドリブルシュートを決める。

先輩が微笑(ほほえ)んでいる姿を見ているだけで、私の胸の鼓動(こどう)はずっと鳴りっぱなしだった。

その後も私は、先輩に届くようにと大声で叫びつづけた。

まるで本当の公式戦のように部員はみんな真剣に試合をしていて、残り三分をきったところで得点は先輩がいるチームが二点負けていた。

あと三分……。

グッと手をにぎり試合のゆくえを見守っていると、チームの司令塔でもある本城先輩がドリブルでセンターラインまでボールを運んだ。

先輩は、どこに出すべきか迷っているように見えた。

だから私は、味方の動きをよく見て、口を開く。

「先輩、中！　四番！」

本城先輩はゴール下にいる新田先輩にパスを出し、そのまま右側へ開いた。

ゴール下でボールを受けとった新田先輩に相手チームが寄っていったところで、外にいる本城先輩へパスを出す。

そして本城先輩がスリーポイントラインの外でボールを受けとった、次の瞬間……。

「シュート!!」

今までで一番の大きな声を出すと、先輩は体全体を使ってボールを放った。

私がいつも見ていたきれいなフォームから放たれたボールは、リングにふれることなくシュッと音を鳴らしてゴールに吸いこまれた。

そして次の瞬間、試合終了の笛の音が体育館にひびきわたる。

結果、最後のスリーポイントが決まったことにより、本城先輩たちのチームが一点差で勝利。

わずかな静寂のあと、すさまじい歓声が体育館をゆらした。

ゴールを決めた本城先輩は、笑顔で全員とハイタッチをしている。

対戦相手だった男バスの部員全員ともハイタッチをかわすと、思いがけず私のほうへかけよってきてくれた。

「ありがとう。相沢さんの声、ちゃんと届いたよ」

その言葉を私に伝えると、先輩はまたみんなのところへもどっていった。

新田先輩に頭をくしゃくしゃになでられて、先輩は少しはずかしそうに微笑んでいる。

うれしくて、私はドキドキと高鳴る心臓に手をあてながら先輩を見つめた。

くしゃっとやわらかな笑顔、太陽みたいに明るい笑顔。

練習試合のときには見られなかった私の大好きな笑顔が、そこにはあった。

気づいたら涙が頬を伝っていて、うれしくて、私は泣きながら笑った。

私が叫ぶたびに、まわりにいた一般の生徒の何人かが私のほうをむいた気がしたけど、こわくはなかった。

大キライだった自分の声。

今でも好きになったわけじゃない。

でも、こんな声でも先輩に届けることができるなら、本城先輩の笑顔をとりもどせるなら、私は何度だって叫ぶ。

好きだから。

本城先輩のことが、大好きだから……。


本城先輩にとっては、きっと最後の試合。

これからは自分の体調を一番に考えながらバスケ部をささえると、試合後に先輩はそう言っていた。

どんな形であれ、本城先輩が大好きなバスケをつづけられること、部活を辞めなかったこと、学校に残ってくれたこと、試合中に本当の笑顔を見せてくれたこと。

それがなによりうれしかった。

試合後、私は穂香と沙月と新田先輩にお礼を言った。

三人がいてくれたからこそ、私は先輩の苦しみに気づくことができたから。

そのあと沙月と穂香と一緒に帰った私は、二人と別れてからあの海岸へむかった。

今日は小さい子供とお母さんが、砂で山を作って遊んでいる。

私はその親子から少しはなれた波打ちぎわに、制服のまま腰をおろした。

先輩の笑顔を見られて、本当によかった。

本城先輩が笑っていたら私もうれしくて、本城先輩が苦しんでいたら、私も苦しい。

人を好きになるって、きっとそういうことなんだろうな。

今日は帰り道の街なみがいつもよりとてもきれいに見えたし、聞き慣れた波の音もどこか神秘的に感じる。

肌にはりつく潮風さえも、心地いい。

体育座りをしながらゆれる波を見ていた私は、静かに目をつむる。

そして一定の速度でくりかえす波の音に、耳をかたむけた。

「……！」

遠くから声が聞こえたような気がして、ハッと目を開く。

「……相沢さん！」

その声に、私は勢いよく立ちあがってふりかえった。

「やっぱりここにいた」

さっきまで見ていたのに、今までもずっと見てきたのに、本城先輩がいるだけで、私の心はドキドキと高鳴ってしまう。

「先輩……」

「帰るときさがしたんだけど、もういなかったから。もしかしたらここに来れば、会えるかなって思って」

「えっ……？」

砂浜の上でたがいに少しずつ前に進み、むかいあった私たち。

先輩の目が、まっすぐに私をとらえる。

「相沢さんがみんなに話してほしいって言ってくれたから、俺に勇気をくれたから、俺は今も大好きなバスケ部にいられるんだ。ありがとう。試合は出られないけど、バスケができる喜びをもう一度俺にくれたのは、相沢さんなんだ」

ちがう、ちがうよ…。

臆病(おくびょう)で勇気がなくて、本城先輩を想うとただ胸が苦しくなって泣きたくなって、大切な言葉を私は何度も飲みこんできた。

でも私が勇気を出せたのは、大勢の人の前で大きな声を出せたのは、少しだけ自分の声が好きになれたのは、ぜんぶ本城先輩のおかげなんだ。

真っ暗だった私の心に、先輩が光をくれたから。

その光をたどって、本城先輩のやさしさにふれて、先輩の痛みを知って、だから私は少しずつ少しずつ変わることができた。

涙をぬぐうことも忘れ、私は先輩のまっすぐな瞳を見つめた。

「今日の試合のとき、どれだけまわりが騒がしくても、相沢さんの声だけはよく聞こえた」

「先輩……」

「前に俺が言ってたこと、おぼえてる?」

潮の香りにつつまれながら、私は首をひねって本城先輩を見つめた。

「言いたくても言えないことが、俺にもあるって言ったこと」

穂香とケンカしたあと、雨のなか送ってくれた日のことを言っているのだと思った私は、軽くうなずいた。

「言いたくてもずっと言えないことが、俺にもあったんだ。自分の弱さを知って、やっと強くなれたような気がする。だから、ちゃんと言うよ。相沢さんが……中学のころから相沢さんのことが気になってた」

「……え？」

「部活のときはだれよりも早く来て、いつも最後まで残ってそうじをしていく相沢さんのことが気になってて、もっと話してみたかったのにできなかった。中学の卒業式の日に、『部活がんばって』って、そう言うだけで精一杯だったんだ。ほんと、なさけないよな」

瞬（まばた）きを何度もくりかえす私は、必死に頭の中で本城先輩の言葉を整理した。

でも、混乱していてうまく整理できない。

「だけど卒業したあとで、後悔したんだ。だから相沢さんが同じ高校に入学したってわかったとき、今度こそもっと話しかけようって」

私の口から無意識に「ウソ……」という言葉がぽろっとこぼれ落ちた。

「本当だよ。俺がなかなかふみだせないから、浩人（ひろと）には考えすぎだとかまじめすぎだとかって説教されたりした」

なにがなんだかわからなくて、ただ涙だけがあふれてくる。

「いつも一番最後に相沢さんが体育館を出ていくことを知っていたから、わざとタオルを忘れたりしてさ」

えっ……あの、タオル……？

「毎朝何時の電車に乗っているか聞いたあとに電車で会ったのも、相沢さんに会えると思って早く家を出たんだ」

これは本当に現実なんだろうか。

よくわからなくて、自分が今どうして泣いているのかもわからない。

「俺は……」

先輩の視線が、私の瞳にまっすぐ飛びこんできた。

「俺は、相沢さんのことが好きだ」

眩しいくらいにやさしい本城先輩の笑顔に、息が苦しくなるほど涙があふれてくる。

「わ、私、本城先輩が……」

涙で言葉にならない想いを必死に伝えようとしていると、本城先輩の手が私の頭の上にそっとのせられた。

「大丈夫、相沢さんの言葉はちゃんと伝わってる。相沢さんの声は、ちゃんと俺に届いてるから。ありがとう……」

勇気を出して言葉にすればきっとなにかを変えられるんだっていうことを、今ようやく信じることができた……。

目の前に広がる海に夕日が吸いこまれていくころ、落ちつきをとりもどした私は一度大きく深呼吸をした。

「これからも、よろしくお願いします」

そう言って私が深く頭をさげると、「こちらこそ、よろしくお願いします」と言って、本城先輩も同じように深く頭をさげた。

同時に顔をあげた私たちは、目があった瞬間、どちらからともなくクスッと微笑む。

「もし浩人に見られてたら、お前らまじめか！　ってつっこまれそうだな」

その言葉に、今度は声を出して笑った。

私の高らかな笑い声に通りを行く人がふりかえったけれど、なにも気にならない。

本城先輩が笑ってくれたら、それだけでうれしい。

それだけで私は、きっと強くなれるから。

砂浜をあとにした私たちは、コンビニの前で立ちどまった。

「これから自分がどうなるのかわからないし、こわい部分ももちろんある。でもこんな俺でも、きっとなにかできることがあると思うんだ。新しい夢や目標ができるかもしれない。だって、俺と相沢さんの名前をあわせたら……夢が叶うってなるでしょ？」

「……あっ」

「ゆめと一緒にいられたら、俺は前をむける気がするから」

その言葉に、私は泣きながら大きくうなずいた。

運命を受けいれてつらい気持ちと闘(たたか)いつづける本城先輩を、私はずっと応援していきたい。

本城先輩の耳が少しずつよくなっていくと信じて、新しい夢にむかってがんばれると信じて、ささえていきたい。


変な声だと言われた日から、私はずっとうつむいてきた。

みんなに声を聞かれないように、好きな人にきらわれないように、ずっと……。

だけど今は、こう思える。

私の声は高くてキンキンしていて、ほかの人とは少しちがっている。

でもそれはきっと……。

「かっ……叶多先輩！」

きっと、大切な人にちゃんと届くように、神様がわざとこの声にしたんだ。

だからこれからは、何度だって叫ぶから。

「好きです！　大好きです！」

この声が……きみに届くように……。

あとがき

はじめまして、菊川あすかです。このたびは、「この声が、きみに届くなら」をお読みくださり、ありがとうございます。

執筆にあたっては読みやすさを特に意識したのですが、ここまで純粋でとことんまっすぐな恋を書いたのは初めてで、余計なことは考えずにできるだけ心を真っ白にして書いていました。

突然ですが、みなさんは片想いの経験はありますか？　私はあります（何回も）。

学校の中で好きな人を見られるだけですごく嬉しかったり、挨拶できた日なんて一日中浮かれっぱなしで、でもちょっとしたことですぐに落ち込んだり、ネガティブになったり。片想いって本当にひとりよがりだったなーと、今思い出してもそう思います。

でも、片想いって楽しいんですよね。泣いたり笑ったりとにかく忙しくて、だからこそ、実った時の喜びも、失恋した時の悲しみも、とても大きい。

この物語の主人公であるゆめも片想いをしていて、しかも自分の声にコンプレックスを持っていて人前で大きな声を出すのが苦手。

そんな彼女が恋をしたのが、ひとつ年上の本城先輩。ゆめは先輩に少しでも近づきたくて頑張りますが、最終的に彼女が大きな勇気を出す瞬間は、自分のためではなく好きな人のためでした。

好きな人を想う気持ちは、時にとてつもなく大きな勇気に変わる。それは恋の相手だけではなく、家族や友人などにも言えることなのではないでしょうか。

「好きは勇気に変わるはず」

大切な人のためなら、今まで出せなかった力を出せる。私はそう思っています。

最後になりましたが、出版にあたり大変お世話になった担当編集様、オレンジ文庫編集部様、表紙イラストをかわいく素敵に描いてくださった、しばの結花先生、そして読者の方々、この作品に関わってくださった皆様に感謝いたします。

菊川　あすか

※この作品はフィクションです。実在の人物・団体・事件などにはいっさい関係ありません。

集英社オレンジ文庫をお買い上げいただき、ありがとうございます。
ご意見・ご感想をお待ちしております。

● あて先
〒101-8050　東京都千代田区一ツ橋2-5-10
集英社オレンジ文庫編集部 気付
菊川あすか先生

この声が、きみに届くなら

2019年12月24日　第1刷発行

著　者　菊川あすか
発行者　北畠輝幸
発行所　株式会社集英社
〒101-8050東京都千代田区一ツ橋2-5-10
電話【編集部】03-3230-6352
【読者係】03-3230-6080
【販売部】03-3230-6393（書店専用）
印刷所　大日本印刷株式会社

※定価はカバーに表示してあります

ISBN 978-4-08-680295-6 C0193